네루다의 우편배달부

El Cartero De Neruda

세계문학전집 104

네루다의 우편배달부

El Cartero De Neruda

안토니오 스카르메타

우석균 옮김

민음사

네루다에게 영감을 주었고,
그를 통해 하찮은 표절자들에게까지
영감을 준 마틸데 우루티아에게

차례

서문 9

네루다의 우편배달부 15

에필로그 155

작품 해설 157
작가 연보 171

서문

당시 나는 삼류 신문사에서 문화 담당 기자로 일하고 있었다. 그 분야에서 연줄을 뽐내던 편집장의 예술관이 내가 맡은 섹션을 좌지우지했다. 그는 내게 통속 극단 배우와의 인터뷰, 전직 사립 탐정들의 책에 대한 서평, 이웃집 자식 그 누구라도 쓸 수 있을 법한 유랑 서커스단에 관한 기사나 그 주의 베스트셀러에 대한 터무니없는 예찬 기사 따위를 강요했다.

작가가 되려던 나의 꿈은 그 죽죽한 편집국 사무실에서 매일 밤 사그라졌다. 새벽녘까지 남아 매번 소설을 새로 쓰기 시작했지만 스스로의 재능과 게으름에 실망하여 중도에서 그만두곤 하였다. 내 또래의 다른 작가들은 국내에서 상당한 성공을 거두고 있었고, 심지어 카사 데 라스 아메리카스, 세익스바랄, 수다메리카나, 프리메라 플라나 등등의 유명한 외국 출판사에서 상을 타기도 했다. 그때마다 질투심이 일어났다. 그러나 언젠가 나도 작품을 끝마쳐야지 하는 자극이 되기는커녕 차가운 물벼락을 뒤집어쓴 느낌만 들었다.

미지의 독자 여러분도 깨닫게 되겠지만 이 이야기는 열광적으로 시작해서 침울한 나락으로 떨어지며 끝을 맺는다. 시간적으로 이 이야기의 도입부에 해당하는 그 무렵, 편집장은 보헤미안 생활을 영위하던 내가 위태로울 정도로 창백해졌다는 것을 깨달았다. 그래서 내게 바닷가 출장 기사를 맡기기로 결정했다. 그 일은 일주일 동안 태양과 바다 냄새 나는 바람과 싱싱한 해물을 누릴 기회를 줄 뿐만 아니라 내 미래를 위한 귀중한 만남도 가능할지 모르는 일이었다. 내가 맡은 일은 이슬라 네그라에서 해안의 평화를 만끽하고 있는 시인 파블로 네루다를 기습 인터뷰하여 가십난의 저질 독자들을 위한 기사를 쓰는 것이었다. 편집장의 표현대로라면 '네루다의 에로스 지형도' 따위를 만들어 보자는 기획이었다. 이는 사실상 같이 잔 여인들에 대해 최대한 적나라하게 까발리자는 것이었다.

편집장은 이슬라 네그라에 있는 여관방, 군주의 행차 부럽지 않은 출장비, 헤르츠사의 렌터카, 자신의 휴대용 올리베티 타자기 대여 등의 악마의 미끼를 내게 내밀며 이 천박한 일을 맡도록 설득했다. 하지만 그 일을 맡은 데는 청춘의 이상도 작용했고 또 다른 동기도 존재했다. 나는 28쪽에서 중단된 원고를 어루만지면서, 낮에는 네루다에 관한 기사를 쓰고 밤에는 바다의 속삭임을 들으며 소설을 끝낼 생각을 하고 있었다. 심지어 일종의 집착이 되어 버린 일도 계획하고 있었다. 그 일로 나는 이 소설의 주인공인 마리오 히메네스에게 동병상련의 감정을 느꼈다. 마리오처럼 네루다 씨에게 내 작품 서문을 써 달라고 하려 했던 것이다. 그 귀중한 트로피를 가지고 나시멘토 출판사 문을 두들겨, 고통스러울 정도로 미루어진 내 책의 출판을 사실상 결정지을 작정이었다.

　이 서문이 한없이 늘어지거나 미지의 독자들이 헛된 기대를 하지 않도록 지금부터 몇 가지 점을 밝히고 마치려 한다. 첫째, 독자들 손에 있는 이 소설은 내가 이슬라 네그라에서 쓰려던 것도, 그 시절에 썼을 법한 것도 아니다. 단지 실패로 끝난 네루다 취재 공세의 부산물일 뿐이다. 둘째, 칠레 작가 여러 명이 연이어 성공의 술잔을 들이켜고 있을 때, 나는 여전히 소설을 출판하지 못했고 지금까지도 마찬가지다. 다른 작가들이 일인칭 시적 산문, 액자 소설 형식, 메타언어, 시간과 공간의 변형 등의 거장이었던 반면, 나는 저널리즘에 기초한 비유법, 크리오요주의[1] 작가들을 답습한 진부한 배경, 보르헤스의 생경한 형용사, 특히 어느 문학 교수가 혐오하던 '전지적 작가 시점'을 고수하고 있었다. 마지막으로 다음 페이지부터 귀찮게 할 이 소설 대신 틀림없이 독자들이 손에 쥐어 보길 원했을 네루다에 관한 짜릿한 기사, 어쩌면 나를 그 방면에서 나마 유명하게 해 주었을지도 모를 그 기사는 쓰지 못했다. 내

---

1) 20세기 초에 유행한 문학의 한 경향으로 대개 라틴 아메리카의 자연과 풍습을 다루었다.

가 뻔뻔하지 못해서가 아니라 시인의 원칙 때문이었다. 네루다는 내 천박한 의도에도 불구하고 친절하게 말했다. 제일 사랑하는 사람은 현 부인 마틸데 우루티아이고 '창백한 과거'를 뒤적일 만한 정열도 관심도 없다고 말이다. 뒤이어 나는 아직 쓰지도 않은 책의 서문을 부탁했다. 네루다는 그런 나의 뻔뻔스러움에 걸맞게 "소설을 끝내면 기꺼이 써 주겠네."라고 빈정거리면서 문밖으로 나를 내몰았다.

나는 소설을 끝내 보려고 이슬라 네그라에 오래 머물렀다. 그러나 텅 빈 종이를 마주하기만 하면 밤이고 낮이고 아침이고 할 것 없이 게을러졌다. 거기다 한술 더 떠 시인의 집을 기웃거리고, 그 집을 기웃거리는 사람들까지 기웃거렸다. 그러다가 이 소설의 등장인물들을 알게 되었다.

분량은 얼마 안 되지만 나처럼 지독한 게으름뱅이가 어떻게 이 책을 끝냈을까 싶을 성마른 독자들도 있으리라. 이 책을 쓰는 데 십사 년이 걸렸다고 하면 납득할 만한 설명이 될 것이다. 그 기간 동안 페루의 소설가 마리오 바르가스 요사는 『'성당'에서의 대화』, 『나는 훌리아 아주머니와 결혼했다』, 『판탈레온과 위안부들』, 『세상 종말 전쟁』을 출판했다는 걸 생각하면 십사 년은 정말 대단한 기록이다. 물론 그렇다고 그 기록에 자부심을 느낀다는 말은 아니지만 말이다.

하지만 책이 늦어진 데에는 감상적인 성격의 이유가 하나 더 있다. 나는 베아트리스 곤살레스가 산티아고 법정에 왔을 때 여러 번 점심을 같이 했다. 그녀는 자신을 위해 (얼마가 걸리든, 얼마나 많은 허구가 가미되든 간에) 마리오의 이야기를 써 주기를 원했다. 그래서 나는 그녀의 양해 아래 이 두 가지 잘못을 저지르게 되었다.

1969년 6월 마리오 히메네스는 하찮은 이유 하나와 행운 하나 때문에 직업을 바꾸게 되었다. 하찮은 이유란 고기잡이에 정을 못 붙이고 있었다는 점이다. 그 일은 동이 트기도 전에 마리오를 침대에서 끄집어냈다. 그것도 산안토니오 동시상영 극장의 스크린에서 보던 뇌쇄적인 여주인공들 뺨치는 여인과 화끈한 사랑을 나누는 꿈을 꾸고 있을 때만 그러는 것이었다. 이런 꿈을 꾸는 재주 때문에 마리오는 종종 삼기에 추파를 던졌다. 진짜든 가짜든 감기를 핑계 삼아 아버지의 어선 장비를 준비해 드리는 것만으로 하루를 땡땡이쳤다. 그리고 칠로에산(産)[2] 포근한 담요 밑에서 꼼지락거리면서 달콤한 사

_____

2) 칠레 남부의 섬.

랑의 꿈을 끝까지 꾸었다. 아버지인 어부 호세 히메네스가 후줄근하게 젖어 허기진 채 바다에서 돌아오면 마리오는 점심으로 바삭바삭한 빵과 토마토, 양파, 파슬리, 고수풀을 가미한 요란한 샐러드를 차려 드리는 일로 죄책감을 덜었다. 또한 아버지의 빈정거림이 뼛속까지 파고들 때면 죄책감을 덜기 위해 아스피린을 꿀꺽 삼키기도 했다.

"일자리를 구해."

결코 오 분 내에 그치지 않고, 걸핏하면 십 분까지도 이어지는 단죄의 눈초리를 거두어들이면서 아버지가 내뱉은 살풍경하고 우악스러운 말이었다.

"네, 아버지."

마리오가 옷소매로 코를 훔치면서 대답했다.

이것이 하찮은 이유였다면, 행운은 경쾌한 레냐노 상표 자전거가 있다는 사실이었다. 마리오는 자전거를 이용하여 매일 손바닥만 한 포구를 벗어나 산안토니오 항구로 갔다. 산안토니오 역시 이름만 항구였지 마리오의 마을에 비하면 바빌론같이 호화찬란했다. 마리오는 선정적인 입술의 여인과 시가를 질겅질겅 씹는 터프 가이가 등장하는 영화의 포스터를 보는 것만으로도 넋이 나갔다. 그러나 두 시간 동안 영화를 보고 난 후에는 의기소침하게 페달을 밟아 일상으로 돌아와야만 했다. 가끔은 대서사시적인 감기를 예고하는 해변의 비를 맞으면서 오기도 했다. 아버지는 물주가 되어 줄 만큼 너그럽지 않았다. 때문에 마리오는 주중 며칠이고 헌 잡지 가게에 빈털터리 신세로 진군해 좋아하는 여배우 사진에 손때를 묻혔다.

그렇게 아무런 낙 없이 빈둥거리던 어느 날 마리오는 우체국 창에 붙어 있는 구인 광고를 발견했다. 초등학교 시절 성적이 시원찮았던 과목인 산수 공책에서 뜯은 보잘것없는 종이에 손으로 쓴 광고임에도 불구하고 마음이 쏠렸다.

마리오는 한 번도 넥타이를 매 본 적이 없었다. 하지만 들어가기 전에 마치 넥타이를 맨 사람처럼 목 부분을 가지런히 했다. 또 비틀스 사진의 유산인 장발 머리를 단정히 하기 위해 빗으로 두어 번 툭툭 쳐서 어느 정도 성공을 거두었다.

"구인 광고를 보고 왔습니다."

마리오가 버트 랭커스터 뺨치는 미소를 지으며 관리에게 말했다.

관리는 지루해하며 물었다.

"자전거 있나?"

마리오는 얼씨구나 싶었다.

"네."

관리는 안경을 닦으면서 말했다.

"좋아. 이슬라 네그라를 담당할 우체부 직이야."

"우연이네요. 제가 이슬라 네그라 옆 포구에 살거든요."

"그것 참 잘됐군. 하지만 문제는 수신인이 단 한 사람뿐이라는 거야."

"한 사람뿐이라고요?"

"그렇다니까. 포구 사람들은 모두 까막눈이야. 계산서조차 못 읽으니까."

"그 수신인이 누구죠?"

"파블로 네루다 씨."

마리오는 한 사발은 족히 될 침을 삼켰다.

"하지만 그건 쌈박한 일이잖아요."

"쌈박하다고? 매일 편지를 몇 킬로그램은 받는걸. 등에 그 우편 행랑을 짊어지고 페달을 밟는 건 어깨에 코끼리를 짊어지는 격이지. 네루다 씨를 담당하던 우체부는 낙타처럼 꼽추가 되어 퇴직했어."

"하지만 저는 겨우 열일곱 살이에요."

"그래서 건강하다는 거야?"

"그럼요, 강철 같죠. 감기 한 번 앓아 본 적 없는걸요."

관리는 쓰고 있던 안경을 콧등에 걸치고 테 너머로 마리오를 쳐다보았다.

"급료는 지랄 같지. 다른 우체부들은 팁으로 해결해. 하지만 수신인이 한 사람뿐이면 기껏해야 일주일에 영화 한 편 볼 수 있는 정도일 거야."

"제가 할게요."

"좋아. 나는 코스메라고 해."

"코스메라고요."

"코스메 씨라고 불러야지."

"예, 코스메 씨."

"내가 자네 상관이야."

"예, 국장님."

코스메는 파란색 볼펜을 들고 입김을 불어 잉크를 녹였다. 그리고 마리오를 쳐다보지도 않고 물었다.

"이름은?"

"마리오 히메네스입니다."

마리오가 엄숙히 대답했다. 그리고 그 중대한 성명을 발표하자마자 창문으로 다가가서 구인 광고를 떼어 바지 뒷주머니 아주 깊숙이 쑤셔 넣었다.

한없는 인내를 지닌 태평양도 못 한 일을 산안토니오의 단출하고 정겨운 우체국이 이루어 냈다. 마리오는 동이 트면 휘파람을 불며 일어났고 코도 막히는 법 없이 멀쩡했다. 그뿐만 아니라 직장에도 칼같이 출근했다. 공무원 생활을 오래 한 코스메가 아주 오래전부터 꿈꾸어온 위업을 실행에 옮길 날을 대비해 사무실 열쇠를 아예 마리오에게 맡길 정도였다. 그 위업이란 낮잠 시간이 될 때까지 늦잠을 자고, 밤잠 잘 시간까지 늘어지게 낮잠을 또다시 자고, 밤잠도 푹 자는 것이었다. 그리고 밤잠을 푹 잔 데 힘입어 난생처음 근로 의욕이란 걸 느껴 보고 싶었다. 마리오는 근로 의욕을 내뿜었던 반면 코스메는 용의주도하게 농땡이를 치고 있었던 것이다.

칠레에서는 흔히 그렇듯 월급은 한 달 반이나 늦게 나왔다.

마리오는 그 첫 월급으로 다음과 같은 재산을 취득했다. 아버지에게 드릴 코우시뇨 마쿨 상표의 장기 숙성 포도주. 나탈리 우드의 「웨스트사이드 스토리」를 감상할 극장표. '전쟁은 졌지만 산업은 잃지 않은 독일, 녹슬지 않는 졸링겐 빗!'이라고 외쳐 대는 산안토니오 시장의 장돌뱅이에게 산 독일제 무쇠 빗. 마리오의 수신인이며 이웃인 파블로 네루다의 로사다 출판사판 시집 『일상 송가』. 마리오는 시인이 기분 좋을 때 우편물과 같이 시집을 들이밀어 사인을 받아 낼 작정이었다. 산안토니오나 두 번째 월급을 털어 가려는, 산티아고에서 알게 될 미지의 절세미인들에게 그 사인으로 폼을 재기 위해서였다. 마리오는 몇 번이나 시집을 들이밀려고 했다. 그러나 시인이 편지를 거두어들이는 굼뜬 동작, 후한 팁을 내미는 날렵함, 자기 세계에 푹 빠져 있는 듯한 모습 때문에 용기가 나지 않았다. 심지어 두어 달 동안은 초인종으로 쓰는 종을 칠 때마다, 절묘한 시구를 빚어낼 찰나에 있는 시인의 영감을 살해하는 듯한 느낌마저 들었다. 네루다는 편지 묶음을 받아 들고 몇 푼을 건넨 뒤 특유의 시선만큼이나 굼뜬 미소를 지으며 작별을 고하고는 했다. 마리오는 그 순간부터 그날이 다하도록, 언젠가는 용기를 낼 수 있으리라는 희망을 품고 『일상 송가』를 들고 다녔다. 그렇게 한없이 책을 끼고 다니며 만지작거렸다. 또 자신에게 콧방귀도 뀌지 않는 소녀들에게 지적인 분위기를 풍기려고 광장 가로등 아래에서 걸핏하면 책을 바지 위에 놓았다. 그러는 사이 아뿔싸! 책을 그만, 그만, 그만······ 몽땅 읽어 버리고야 말았다. 이런 이력 덕에 마리오는 시인의 관심을 받을 자격이 자신에게 눈곱만큼은 있다는 생각이 들었다. 그래서 해가 난 어느 겨울날, 수많은 진열대 창 앞에서 연습해 오던 말을 건네면서 편지와 함께 책을 스리슬쩍 디밀었다.

"백만 불짜리 헌사를 부탁드립니다."

시인에게는 그런 부탁을 들어주는 것쯤이야 별일도 아니었다. 그렇지만 시인은 그 짧은 의무를 완수하자마자 특유의 깍듯한 예를 갖추며 작별을 고했다. 마리오는 헌사를 분석하기 시작했고 '파블로 네루다 드림'만으로는 자신이 별로 유명해질 것도 없다는 결론에 이르렀다. 어떻게든 인연을 맺어, 언젠가는 시인이 초록색 잉크[3]로 '마리오 히메네스 S'처럼 적어도 이름과 성을 밝히는 헌사를 쓰게 만들 생각이었다. '나의 둘도 없는 벗 마리오 히메네스에게, 파블로 네루다'와 같은 헌사라면 더할 나위 없겠지만. 이런 간절한 소망을 코스메에게 털어놓자, 그는 칠레 우체국은 우체부가 별난 요구로 수신인을 괴롭히는 일을 금하고 있음을 상기시켰다. 또한 똑같은 책에 두 번 헌사를 받는 법은 없다는 사실도 일깨워 주었다. 즉 아무리 시인이 공산주의자라 하더라도 헌사를 지우고 다른 걸 써 달라고 부탁하는 건 결코 품위 있는 일이 아니라는 것이다.

마리오는 코스메의 지적이 일리가 있다고 생각했다. 그래서 두 번째 월급봉투를 받았을 때 당연하다는 듯이 로사다판 『신(新) 일상 송가』를 샀다. 꿈에 그리던 산티아고 여행을 포기해야만 했을 땐 일말의 슬픔이 밀려왔다. 거기에다 약아빠진

---

3) 네루다는 바다를 좋아해서 초록색 잉크로 시를 쓰곤 했다.

서점 주인이 "다음 달에는 『제3송가』를 준비해 놓습죠."라고 말했을 때는 공포가 엄습했다.

하지만 이 두 권 모두 시인의 헌사를 받지 못했다 그날처럼 겨울 해가 비치던 어느 날 아침 헌사 문제는 망각의 늪으로 빠져들었다. 그러나 시까지 망각의 늪에 빠진 건 아니었다.

어부들 틈에서 자란 마리오이기에 시인을 낚아챌 낚싯바늘이 그날의 우편물 속에 있으리라고는 상상조차 하지 못했다. 우편물 꾸러미를 건네자마자 시인은 정확히 편지 한 통을 가려내서는 그가 보는 앞에서 개봉했다. 평소의 여유로움이나 신중함과는 어울리지 않는 이 뜻하지 않은 행동 때문에 마리오는 질문 공세를 펼 엄두가 났다. 이를테면 친분을 쌓기 시작한 것이다.

"왜 다른 편지보다 먼저 뜯어보시죠?"

"스웨덴에서 온 거니까."

"여자 빼면 스웨덴에 별게 있나요?"

네루다는 묵직한 눈꺼풀의 소유자임에도 불구하고 눈을 깜빡거렸다.

"노벨 문학상이 있지."

"선생님께 줄 거예요."

"준다면 거절하진 않을 걸세."

"상금이 얼만데요?"

벌써 편지 내용을 파악한 시인은 가볍게 대꾸했다.

"15만 250불."

마리오는 농담 삼아 '그리고 50센트.'라고 덧붙이려 했다. 그러나 얼토당토않은 당돌함을 본능적으로 억누르고 대신 좀 더 완곡하게 물었다.

"그리고요?"

"응?"

"노벨상을 준대요?"

"그럴 수도 있지만 올해는 유력한 후보들이 있다네."

"왜요?"

"명작들을 썼으니까."

"다른 편지들은요?"

시인은 한숨을 쉬며 말했다.

"나중에 읽지."

"아!"

마리오는 대화가 끝나 가고 있음을 예감했다. 그래서 유일한 수신인인 네루다의 평소 분위기처럼 침묵 속으로 빠져 들었다. 마리오가 너무나 조용히 있는 바람에 시인이 질문을 하게 되었다.

"무슨 생각을 하고 있는 건가?"

"다른 편지들 내용을요. 사랑의 편지일까요?"

육중한 시인이 기침을 해 댔다.

"이봐, 나는 결혼했다고! 마틸데가 듣겠네!"

"죄송합니다."

네루다는 급히 호주머니를 뒤적거려 지폐 한 장을 꺼냈다. 평상시보다 후한 액수였다. 마리오는 돈 때문이 아니라 눈앞에 닥쳐온 이별 때문에 괴로워하며 "감사합니다."라고 말했다. 그 슬픔이 마리오를 돌부처로 만들었다. 걱정스러울 정도였다. 집 안으로 들어가려던 시인은 마리오가 드러내 놓고 풀죽어 하는 통에 왜 그러는지 궁금해졌다.

"무슨 일 있나?"

"네?"

"전봇대처럼 서 있잖아."

마리오는 고개를 돌려 시인의 눈을 찾아 올려다보았다.

"창처럼 꽂혀 있다고요?"

"아니, 체스의 탑처럼 고즈넉해."

"도자기 고양이보다 더 고요해요?"

네루다는 문손잡이를 놓고 턱을 어루만졌다.

"마리오, 내게는 『일상 송가』보다 훨씬 더 괜찮은 책들이 있네. 그리고 온갖 메타포로 나를 시험에 들게 하는 건 부당한 일이야."

"뭐라고요?"

"메타포라고!"

"그게 뭐죠?"

시인은 마리오의 어깨에 한 손을 얹었다.

"대충 설명하자면 한 사물을 다른 사물과 비교하면서 말하는 방법이지."

"예를 하나만 들어 주세요."

네루다는 시계를 바라보며 한숨지었다.

"좋아. 하늘이 울고 있다고 말하면 무슨 뜻일까?"

"참 쉽군요. 비가 온다는 거잖아요."

"옳거니, 그게 메타포야."

"그렇게 쉬운 건데 왜 그렇게 복잡하게 부르죠?"

"왜냐하면 이름은 사물의 단순함이나 복잡함과는 아무 상관없거든. 자네의 이론대로라면 날아다니는 작은 것은 마리포사[4]처럼 긴 이름을 가지면 안 되겠네. 엘레판테[5]는 마리포사와 글자 수가 같은데 훨씬 더 크고 날지도 못하잖아."

네루다는 지쳐서 말을 끝맺었다. 그리고 남은 힘으로 마리오에게 포구로 가는 길을 가리켰다. 하지만 마리오가 적절히 초를 쳤다.

"제기랄, 나도 시인이나 되었으면."

"허허! 칠레에서는 모두가 시인이야. 계속 우체부를 하는 게 더 독창석이라고. 자네는 적어도 많이는 걸으니 살은 안 찌잖아. 칠레 시인들은 다 배불뚝일세."

네루다가 다시 손잡이를 잡고 들어가려 했을 때 멀리 새가

---

4) 스페인어로 나비.
5) 코끼리.

나는 걸 바라보던 마리오가 말했다.

"제가 시인이면 말하고 싶은 것을 다 말할 수 있잖아요."

"무슨 말이 하고 싶은데?"

"바로 그게 문제라니까요. 시인이 아니라서 그것조차 말할 수 없는걸요."

시인은 미간을 찌푸렸다.

"마리오."

"네?"

"이제 그만 헤어져야겠어. 문을 닫을게."

"네."

"내일 보자고."

"내일 뵙죠."

네루다는 나머지 편지에 시선을 고정시켰다가 이윽고 문을 반쯤 열었다. 마리오는 팔짱을 끼고 구름을 뜯어보았다. 네루다가 곁으로 오더니 손가락으로 어깨를 쿡 찔렀다. 마리오는 그 자세 그대로 네루다를 쳐다보았다.

"계속 여기 있을 것 같아 다시 문을 열었네."

"생각에 잠겨 있었어요."

네루다는 마리오의 팔꿈치를 움켜쥐고 자전거를 대 놓은 외등 쪽으로 단호하게 끌고 갔다.

"생각을 하려고 제자리에 가만히 있다는 말인가? 시인이 되고 싶으면 걸으면서 생각하는 것부터 시작하라고. 혹시 존 웨인처럼 걷는 것과 껌 씹는 걸 동시에는 못 하는 거야? 당장 포구 해변으로 가라고. 바다의 움직임을 관찰하면서 메타포를 만들어 낼 수 있을 테니까."

"예를 하나 들어 주세요."

"이 시를 한번 들어 보게."

여기 이슬라 네그라는 바다, 온통 바다라네.

순간순간 넘실거리며

예, 아니요, 아니요라고 말하지.

예라고 말하며 푸르게, 물거품으로, 말발굽을 울리고

아니요, 아니요라고 말하네.

잠잠히 있을 수는 없네.

나는 바다고

계속 바위섬을 두드리네.

바위섬을 설득하지 못할지라도.

푸른 표범 일곱 마리

푸른 개 일곱 마리

푸른 바다 일곱 개가

일곱 개 혀로

바위섬을 훑고

입 맞추고, 적시고

가슴을 두드리며

바다라는 이름을 되풀이하네.

네루다는 만족하여 시를 멈췄다.

"어때?"

"이상해요."

"'이상해요.'라니. 이런 신랄한 비평가를 보았나."

"아닙니다. 시가 이상하다는 것이 아니에요. 시를 낭송하시는 동안 제가 이상해졌다는 거예요."

"친애하는 마리오, 좀 더 명확히 말할 수 없나. 자네 이야기를 들으면서 아침나절을 다 보낼 수는 없으니까."

"어떻게 설명해야 할지요. 시를 낭송하셨을 때 단어들이 이리저리 움직였어요."

"바다처럼 말이지!"

"네, 그래요. 바다처럼 움직였어요."

"그게 운율이란 것일세."

"그리고 이상한 기분을 느꼈어요. 왜냐하면 너무 많이 움직여서 멀미가 났거든요."

"멀미가 났다고."

"그럼요! 제가 마치 선생님 말들 사이로 넘실거리는 배 같았어요."

시인의 눈꺼풀이 천천히 올라갔다.

"'내 말들 사이로 넘실거리는 배.'"

"바로 그래요."

"네가 뭘 만들었는지 아니, 마리오?"

"무엇을 만들었죠?"

"메타포."

"하지만 소용없어요. 순전히 우연히 튀어나왔을 뿐인걸요."

"우연이 아닌 이미지는 없어."

마리오는 손을 가슴에 댔다. 혀까지 치고 올라와 이빨 사이로 폭발하려는 환장할 심장 박동을 조절하고 싶었던 것이다. 마리오는 걸음을 멈추고 고귀한 수신인의 코앞에 불경스러운 손가락을 바짝 들이대며 말했다.

"선생님은 온 세상이, 즉 바람, 바다, 나무, 산, 불, 동물, 집, 사막, 비……."

"……이제 그만 '기타 등등'이라고 해도 되네."

"……기타 등등! 선생님은 온 세상이 다 무엇인가의 메타포라고 생각하시는 건가요?"

네루다의 입은 턱이 빠질 듯이 떡 벌어졌다.

"제 질문이 어리석었나요?"

"아닐세, 아니야."

"너무 이상한 표정을 지으셨어요."

"아니, 생각에 잠겼을 뿐이야."

네루다는 손을 휘저어 상상의 연기를 헤치고, 흘러내리는 바지를 추켰다. 그러고는 집게손가락으로 청년의 가슴을 찌르면서 말했다.

"이봐, 마리오. 우리 협정을 맺지. 나는 지금부터 부엌에 가서 아스피린 오믈렛을 준비하겠네. 그러면서 자네 질문에 대해 머리를 싸매고 생각해 봐야겠어. 내일 내 생각을 이야기해 주지."

"정말이세요?"

"그래그래. 내일 보세."

네루다는 집으로 돌아가서는 나무 대문에 몸을 기대고 천천히 팔짱을 꼈다.

마리오가 외쳤다.

"안 들어가세요?"

"응. 이번에는 갈 때까지 기다릴 걸세."

우체부는 외등에서 자전거를 떼어 낸 뒤 경적을 경쾌하게 울리면서 시인과 그 주위를 감쌀 만큼 환한 미소와 함께 말했다.

"안녕히 계세요."

"잘 가게."

시인의 말을 곧이곧대로 따라 마리오는 포구로 가는 동안 바다의 움직임을 뜯어보았다. 파도는 많이 일었으나 화창한 정오였으며 부드러운 백사장이 펼쳐져 있고 미풍이 산들거렸다. 그럼에도 불구하고 아무런 메타포도 떠오르지 않았다. 바다의 모든 것이 웅변적이었건만 마리오는 침묵만을 지켰다. 너무도 굳게 침묵을 지켰기에 자신과 비교하면 돌멩이들까지도 수나생이 같았다.

마리오는 자연의 냉대에 열불이 나서 주점에 가기로 했다. 포도주 한 병으로 마음을 달래고 혹시 어슬렁거리는 놈팡이가 있으면 테이블 축구나 한판 붙자고 할 작정이었다. 마을에는 운동장이 없어서 젊은 어부들은 테이블 축구대 위에서 등을 구부리는 것으로 스포츠 욕구를 충족해야 했다.

멀리 떨어진 곳까지도 테이블 축구의 커다란 금속음과 주크박스에서 나오는 음악 소리가 들렸다. 램블러스 그룹의 「지극한 사랑」이 또다시 흐르고 있었다. 수도에서는 이미 십 년 전에 인기를 잃었지만 이 코딱지만 한 마을에서는 여전히 인기를 누리고 있는 그룹이었다. 마리오는 우울함에다 일상의 따분함까지 겹칠 거라는 예감에, 시인의 팁을 기꺼이 포도주에 쏟아부을 작정으로 주점에 들어갔다. 바로 그때였다. 마리오가 술 한 모금도 마시지 않고 핑 돌아 버린 것은. 얼마 살지는 않았지만 어떤 포도주에도 그렇게 취해 본 적은 없었다. 여배우, 극장 안내원, 미용사, 여학생, 관광객, 음반 판매원 등등 마리오가 본 여자들 중에서 가장 아름다운 소녀가 녹이 슨 푸른 손잡이를 잡고 축구 게임을 하고 있었던 것이다. 소녀들을 갈망하는 만큼이나 수줍음도 많아서 수없이 좌절하던 마리오였다. 하지만 이번에는 얼이 빠져 버린 덕에 대담하게 테이블 축구대로 전진했다. 그리고 붉은색 팀 골키퍼 뒤에 서서 공이 움직이는 대로 눈알을 굴렸다. 소녀에게 반한 것을 감추려고 한 행동이었지만 턱없이 어수룩했다. 마리오는 소녀가 골을 넣어 쇠 골대가 울렸을 때 그녀 쪽으로 시선을 들며 가능한 한 최고로 꼬리 치는 미소를 지었다. 소녀는 상냥하게도 반대편 팀 공격진을 맡으라는 몸짓으로 화답했다. 마리오는 소녀가 친구와 게임 중이었다는 것도 알아채지 못하다가, 엉덩이로 그 친구를 수비 쪽으로 밀어제칠 때에야 깨달았다. 마리오는 머리에 털 나고 이렇게 가슴이 두방망이질 친 적이 없었다. 피가 융단 폭격하듯 심장으로 몰려 이를 진정시키려고

34

손으로 쓰다듬었다. 그러자 소녀는 흰 공으로 탁자 모서리를 두드리고는 세월에 빛이 바랜 중앙선 쪽으로 공을 가져갔다. 마리오가 소녀의 마음을 사로잡기 위해 능란한 손목으로 손잡이를 작동하려 하는 순간 소녀는 공을 집어 들더니 이빨 사이에 끼워 버렸다. 그 보잘것없는 운동장에 은빛 비가 내리듯 광채를 발하는 치이였다. 이윽고 물고 있는 공을 집어 보라는 듯 상체를 앞으로 내밀었다. 어림잡아 두 치수는 작아 보이는 블라우스가 터질 듯한 가슴을 감싸고 있었다. 굴욕감과 황홀함이 교차하는 와중에 마리오는 오른손을 멈칫멈칫 들었다. 그러나 공을 막 건드리려는 순간 소녀가 폴짝 물러섰다. 그녀의 조롱기 섞인 미소가 번지수를 찾지 못한 팔을 허공에 남겨 놓았다. 그 꼬락서니란, 결코 이루어질 수 없는 사랑을 위해 잔도 샴페인도 없이 건배를 제의하는 바로 그 모습이었다. 이윽고 소녀는 바 테이블로 하늘하늘 향했다. 걷는 모습이 램블러스 그룹의 음악보다 더 흐드러진 리듬에 맞춰 춤을 추는 듯했다. 거울이 없어도 마리오는 자신이 벌게진 얼굴로 진땀을 흘리고 있으리라는 걸 짐작할 수 있었다. 친구가 소녀의 빈자리를 차지했다. 그리고 마리오가 정신을 차리도록 공으로 축구대 가장자리를 냅다 두들겨 댔다. 마리오는 힘없이 공에서 시선을 들어 새로운 상대자의 눈을 바라보았다. 비록 태평양과 마주했을 때는 자신을 비교나 메타포에는 무능력자라고 낙인찍었지만, 그 볼품없는 마을 소녀가 제안하는 게임은 누나와 블루스를 추는 것보다 따분하고, 축구 없는 일요일보다 지겹고, 고작 달팽이 경주를 보는 정도의 재미일 거라고 화가 나서 중얼거렸다.

　마리오는 그녀에게 눈인사조차 건네지 않고 황홀한 여인을 쫓아 바 테이블 앞으로 가서 극장 의자에 앉듯 털퍼덕 주저앉았다. 소녀는 조잡한 술잔에 입김을 불어 가며 백합이 수놓인 행주로 말끔히 닦았다. 마리오는 무아지경에 빠져 오랫동안 소녀를 쳐다보았다.

코스메에게는 두 가지 신념이 있었다. 한 가지는 사회주의였다. 그래서 그는 부하 직원들에게 사회주의에 대한 찬양을 늘어놓곤 했다. 사실 다들 사회주의 동조자이거나 열성적인 당원이라 불필요한 일이었다. 또 한 가지는 사무실 내에서 반드시 우체부 모자를 착용해야 한다는 것이었다. 마리오가 프롤레타리아적인 근성을 발휘하여 비틀스보다 더 덥수룩한 머리를 하고 나녀도 참을 수 있었다. 자전거 체인의 기름때에 찌든 청바지나 노무자들이나 입는 빛바랜 재킷, 심지어 새끼손가락으로 콧구멍을 집중 탐구하는 버릇까지도 참을 수 있었다. 그러나 머리 뚜껑 없이 들어오는 꼴을 보면 피가 끓어올랐다. 그래서 마리오가 핼쑥한 얼굴로 들어와 "안녕하세요."라고 맥없이 인사하며 우편물 분류대로 향하자 코스메는 손가락으로 목을 제지했다. 그리고 옷걸이로 데려가 걸려 있는 모자를 눈썹까지 푹 씌우고 나서야 인사를 다시 하라고 지시했다.

"안녕하세요, 국장님."

"안녕."

코스메가 으르렁거렸다.

"선생님에게 온 편지가 있나요?"

"많지. 그리고 전보도 한 장 있어."

"전보요?"

청년은 전보를 들어 환한 쪽에 비추면서 내용을 파악하려고 애썼다. 그러더니 눈 깜짝할 사이에 거리로 나가 자전거에 몸을 실었다. 이미 페달을 밟으며 달려가고 있을 때 코스메가 나머지 우편물을 손에 들고 문에서 소리 질렀다.

"다른 편지들도 가져가야지."

마리오가 멀어져 가며 말했다.

"나중에 가져갈게요."

"얼간이 같으니. 그러면 두 번이나 가야 되잖아."

"얼간이라니요, 국장님. 선생님을 두 번 볼 수 있잖아요."

네루다 집 대문에서 마리오는 거리낌 없이 종 치는 줄에 매달렸다. 그렇게 삼 분을 매달렸는데도 네루다는 나오지 않았다. 마리오는 외등에 자전거를 기대어 놓고 남은 힘을 다해 해변의 바위 쪽으로 뛰어갔다. 그곳에서 무릎을 꿇고 모래를 파헤치는 네루다를 발견했다. 마리오가 바위를 뛰어넘어 네루다에게 다가가면서 외쳤다.

"제가 운이 좋았네요. 전보예요!"

"일찍 일어났겠군."

마리오는 곁으로 갔고, 말을 다시 잇기 전에 십 초간의 헐떡임을 네루다에게 선사했다.

"상관없어요. 선생님께 드릴 말씀이 있었는데 아주 운이 좋았어요."

"무척 중요한 일인가 보군. 말처럼 허헝거리는 걸 보니."

마리오는 한 손으로 이마의 땀을 훔치고, 전보를 허벅지에 닦은 뒤 시인의 손에 놓았다. 그리고 엄숙하게 선언했다.

"선생님, 저 사랑에 빠졌습니다."

시인은 전보를 부채 삼아 턱 앞에서 부쳐댔다.

"별 심각한 일은 아니군. 다 치료법이 있으니까."

"치료법이라고요? 치료법이 있다 해도 차라리 아프고 말겠어요. 사랑에 푹 빠져 버렸단 말이에요."

원래 말이 느린 시인이 이번에는 말 대신 돌을 네 개 던지는 듯했다.

"누구한테?"

"뭐라고요?"

"누구와 사랑에 빠졌느냐고."

"베아트리스라고 해요."

"단테!"

"네?"

"베아트리스[6]에게 사랑에 빠진 시인이 있었지. 베아트리스

---

6) 이탈리아 이름의 베아트리체에 해당한다.

라는 이름의 소녀들은 무한한 사랑을 불러일으키는군."

우체부는 볼펜을 움켜쥐고 왼손 손바닥에 긁적였다.

"뭐 하는 거지?"

"그 시인의 이름을 적어요. 단테."

"단테 알리기에리."

"아체(H)⁷⁾로 시작하죠?"

"아닐세, 아(A)야."

"아마폴라⁸⁾할 때 아(A)요?"

"아마폴라나 아피오⁹⁾."

"뭐라고요?"

시인은 초록색 볼펜을 꺼내서 청년의 손을 바위 위에 놓고 멋진 필체로 적어 주었다. 네루다가 전보를 펼치려 할 때 마리오는 그 명성 높아진 손바닥으로 이마를 탁 치며 한숨을 쉬었다.

"저 사랑에 빠졌어요."

"이미 말했잖아. 그래서 어쩌라고?"

"저를 도와주셔야만 합니다."

"내가 이 나이에!"

"도와주셔야 해요. 소녀에게 무슨 말을 해야 할지 모르겠거든요. 소녀가 제 앞에 있으면 꿀 먹은 벙어리가 된 것 같아요. 단 한마디도 나오지 않는 거예요."

"이런! 말도 못 붙여 봤다는 겐가?"

---

7) 스페인어에서 아체는 묵음이다.
8) 양귀비.
9) 아편.

"거의 못 했어요. 어제 저는 선생님 말씀대로 해변을 거닐고 있었죠. 바다를 오랫동안 쳐다보았는데도 단 하나의 메타포도 떠오르지 않는 거예요. 그래서 주점에 들어가서 포도주 한 병을 샀어요. 그래요, 포도주를 판 사람이 그 소녀예요."

"베아트리스가?"

"베아트리스요. 한참 동안 소녀를 쳐다보았고, 사랑에 빠져 버린 거예요."

네루다는 볼펜을 거꾸로 하여 시원스러운 대머리를 긁적거렸다.

"그렇게나 빨리!"

"아니에요. 그렇게 빠른 것도 아니었어요. 십 분쯤이나 소녀를 쳐다본걸요."

"소녀는 어떡했지?"

"제게 말했죠. '뭘 봐, 얼굴에 뭐 묻었어?'"

"자네는?"

"아무 생각도 나지 않았어요."

"전혀 아무것도? 소녀에게 단 한마디도 말을 못 건넸다는 건가?"

"전혀 아무것도는 아니에요. 네 마디쯤 했어요."

"뭐라고?"

"이름이 뭐니?"

"그랬더니?"

"'베아트리스 곤살레스'라고 그랬어요."

"'이름이 뭐니?'라고 물었다고. 흠, 두 마디군. 나머지 두 마디는 뭐였지?"

"'베아트리스 곤살레스.'"

"'베아트리스 곤살레스라니?'"

"'베아트리스 곤살레스'라고 대답하기에 그냥 따라 했죠."

"이봐, 급한 전보를 가지고 왔는데 계속 베아트리스 곤살레스 이야기만 하다가 전보가 손아귀에서 썩어 버릴라."

"좋아요, 뜯어보세요."

"자네는 우체부이니 우편물에 대한 프라이버시를 존중해야 한다는 것쯤은 알겠지."

"전 한 번도 편지 뜯어본 적 없는데요."

"그런 얘기가 아닐세. 내가 말하고 싶은 건 염탐꾼이나 증인 없이 자신에게 온 편지를 느긋하게 읽을 권리가 있다는 거야."

"알겠습니다."

"기쁘군."

흐르는 땀보다 더 잔인한 고통이 밀려오는 것을 느낀 마리오가 의뭉스러운 목소리로 넌지시 말했다.

"안녕히 계세요."

"잘 가게."

시인은 이 일을 관대함이라는 예술로 막을 내리고 싶어서 '최상급' 지폐 한 장을 주었다. 하지만 마리오는 다 죽어 가는 사람처럼 돈을 바라보다가 지폐를 되돌려 주며 말했다.

"혹시 너무 폐가 되지 않는다면, 돈을 주시는 대신 소녀를 위한 시를 한 편 써 주셨으면 해요."

뛰어 본 적이 너무도 오래된 네루다였지만 그 순간, 베케르[10]

가 그렇게 감미롭게 노래한 철새들과 함께 줄행랑치고 싶은 충동을 느꼈다. 그래서 양팔을 하늘로 치켜들고 나이와 육중한 몸이 허용하는 한 최대한의 속도를 내어 바다 쪽으로 갔다.

"하지만 나는 소녀를 알지도 못하는걸. 시인은 영감을 얻으려면 그 사람을 알아야만 돼. 아무것도 모르고 쓸 수는 없는 걸세."

마리오는 네루다를 추격했다.

"잠깐만요, 선생님. 간단한 시 한 수에 그렇게 절절매서 어떻게 노벨상을 받으시겠어요."

네루다는 기가 막혀 멈춰 섰다.

"이봐 마리오, 제발 나를 꼬집어 주게. 이 악몽에서 깨어나고 싶으니."

"그럼 소녀에게 뭐라고 말할까요? 선생님은 이 마을에서 저를 도와줄 수 있는 유일한 분이세요. 다른 사람들은 모두 아무 말도 엮어 낼 줄 모르는 어부들일 뿐이란 말이에요."

"하지만 그 어부들 역시 사랑에 빠져 봤고, 여자의 환심을 살 어떤 말인가를 했지 않나."

"어부들은 다 물고기 대가리죠."

"하지만 여자를 혹하게 만들어 결혼에 골인했잖아. 아버지는 무슨 일을 하시지?"

"어부죠."

"거봐! 언젠가 자네 아버지도 결혼하자고 어머니를 설득하

---

10) 19세기 스페인 낭만주의의 대표적인 시인.

느라 뭐라고 말했을 거 아닌가."

"비교할 만한 가치가 없어요. 베아트리스는 어머니보다 훨씬 더 예쁘단 말이에요."

"친애하는 마리오, 전보를 읽고 싶어 죽겠네. 허락 좀 해 주겠나?"

"그야 물론이죠."

"고맙군."

네루다는 봉투를 깨끗이 뜯으려 했지만 그만 엉망으로 찢어 버렸다. 마리오가 발돋움해서 어깨 너머로 내용을 엿보려하였다.

"스웨덴에서 온 게 아니죠, 그렇죠?"

"응."

"금년에 선생님께 노벨상을 줄 것 같나요?"

"그 일은 벌써 신경 껐네. 마치 경마용 말처럼 내 이름이 매년 수상자 후보 명단에 올라가는 게 불쾌해."

"그럼 전보는 어디서 온 거죠?"

"당 중앙 위원회로부터."

시인은 비극적으로 말을 멈췄다.

"이봐, 혹시 오늘이 13일의 금요일 아닌가?"

"나쁜 소식이에요?"

"최악의 소식이야! 나더러 대통령 후보를 하라는 거야."

"선생님, 그러면 쌈박한 소식이잖아요."

"후보에만 오르는 거면 그렇지. 하지만 만약 당선되면?"

"틀림없이 당선되실 거예요. 선생님을 모르는 사람이 없잖아요. 저희 아버지한테는 책이라곤 딱 한 권뿐인데 바로 그게 선생님 거예요."

"그게 어떻다는 건가?"

"그게 어떻다니요? 읽을 줄도 쓸 줄도 모르는 아버지인데도 선생님 책을 가지고 있다는 건 우리가 이길 거라는 걸 뜻해요."

"'우리가'라니?"

"당연하죠, 저는 하늘이 무너져도 선생님을 찍을 테니까요."

"지지해 주니 고맙군."

네루다는 찢어진 전보 시체를 접어 바지 뒷주머니에 파묻었다. 마리오가 촉촉해진 눈망울로 시인을 쳐다보았다. 네루다는 자신이 태어난 파랄의 가랑비를 맞고 있던 강아지가 떠올랐다.

네루다가 덤덤한 표정으로 말했다.

"자, 주점에 가서 그 유명한 베아트리스에 대해 알아보자고."

"농담이시겠죠."

"진담일세. 주점에 가서 포도주 한 잔 하면서 자네 애인을 한번 보자고."

"우리가 같이 있는 걸 보면 감동해 까무러칠 거예요. 파블로 네루다 씨와 마리오 히메네스가 함께 주점에서 포도주를 마신다! 까무러치고말고요!"

"그건 너무 슬픈 일이군. 소녀에게 시 대신 비문을 써 줘야 한다면."

시인은 기운차게 걷기 시작했다. 그러나 마리오가 뒤에서 멍하니 수평선에 파묻혀 있는 것을 깨닫고는 돌아서서 물었다.

"또 무슨 일인가?"

우체부는 곧 곁으로 달려와서 네루다의 눈을 물끄러미 쳐다보았다.

"선생님, 만일 제가 베아트리스와 결혼하면 결혼식 때 대부가 되어 주실래요?"

네루다는 수염을 말끔히 깎은 턱을 매만지며 고심하는 시늉을 했다. 그러고는 확신에 찬 손가락을 이마에 댔다.

"주점에서 포도주를 마신 후에 두 가지 문제를 결정짓자고."

"무슨 두 가지요?"

"대통령 직과 베아트리스."

가죽 가방을 멨다기보다 가방에 매달려 있는 듯한 무명의 젊은이와 함께 파블로 네루다가 주점으로 들어오는 것을 한 어부가 보았다. 그는 유명세에서 현격한 차이가 나는 손님들이 왔다고 주점의 새 주인에게 알렸다.

"손님이에요."

막 도착한 이들은 바 테이블이 마주 보이는 의자 두 개를 차지하고는 열일곱 살의 소녀가 바 테이블을 따라 쭉 가로실러 오는 모습을 보았다. 산들바람에 흐트러진 밤색 곱슬머리, 슬픔을 머금은 듯하면서도 꿋꿋한 둥그런 갈색 눈, 두 치수는 작음 직한 새하얀 블라우스에 앙증맞게 짓눌려 있는 가슴으로 미끄러져 내리는 목, 숨어 있으면서도 도발적인 젖꼭지, 새벽이 다하고 포도주가 바닥날 때까지 휘어 감고 탱고를 추고 푼 허리의 소녀였다. 잠시 후 소녀가 바 테이블 뒤에서 나와 홀로 들어서면서 하체가 성스럽게 출현했다. 눈길을 확 끄는 미니스커트가 아찔한 엉덩이를 감칠맛 나게 휘감고 있었다. 그 아래 쭉 뻗은 다리는 구릿빛 무릎을 미끄러져 오동통하고 야성적인 맨발까지 하염없이 내려갔다. 피부 때문에 여태까지 거쳐 온 모든 부분을, 발끝에서 커피색 눈에 이르기까지 다시한번 세세히 훑어보게 되었다. 손님들의 탁자에 이르자마자두 눈의 우수는 조롱기로 바뀌었다. 베아트리스가 새끼손가락으로 테이블보를 짚으면서 말했다.

"테이블 축구의 제왕이시여, 무엇을 드시겠나이까?"

마리오는 시선을 소녀의 눈에 고정시키고는 삼십 초 동안 '내가 누구지, 내가 지금 어디 있지, 숨은 어떻게 쉬지, 말은 어떻게 하지?' 등등 자신을 억누르는 치명적인 충격으로부터 살아남기 위해 필요한 최소한의 정보를 떠올리려고 기를 썼다.

소녀가 가녀린 손가락을 모두 동원하여 탁자를 두들기면서 "무엇을 드시겠나이까?"라고 반복하는데도, 마리오는 꿀 먹은 벙어리였다. 그러자 베아트리스는 위압적인 시선을 동행인에게 돌렸다. 그러고는 탐스러운 치아 사이로 빛나는 혀에 의해 조율된 야들야들한 목소리로 질문을 던졌다. 여느 때 같았으면 네루다로서는 극히 평범하게 느꼈을 말이었다.

"손님은 무엇을 드시겠습니까?"

시인이 대답했다.

"똑같은 거로요."

이틀 후 시인의 사진과 '네루다를 대통령으로'라는 기원이 담긴 포스터로 뒤덮인 요란한 트럭이 네루다를 칩거지에서 납치해 갔다. 네루다는 일기에 그때의 감상을 적고 있다.

천둥이 몰아치듯 정치가 나의 일을 중단시켰다. 민중은 내게 삶의 교훈이 되어 왔다. 나는 민중에게 다가갈 수 있다. 시인 특유의 수줍음을 띠고, 수줍어하는 사람답게 두려워하면서. 그러나 민중의 품 안에 안기고 나면 내가 변하는 것을 느낀다. 나는 대다수 참된 민중의 일부고 인류라는 거대한 나무에 달려 있는 이파리 중 하나인 것이다.

그 나무에 달린 풀 죽은 이파리 하나가 네루다를 배웅하러

왔다. 마리오였다. 시인이 마리오를 안아 주고 약간은 호들갑을 떨면서 성경 종이에 붉은 가죽으로 장정된 자신의 로사다 판 작품 전집 세 권을 선물한 일도 위로가 되지 못했다. 다른 때 같았으면 마리오를 만족시키고도 남았을 '둘도 없는 벗이며 동지인 마리오 히메네스에게, 파블로 네루다.'라는 헌사를 읽을 때조차 침울함에서 헤어나지 못했다.

마리오는 트럭이 흙먼지를 일으키며 떠나는 것을 보았다. 마리오는 그 흙먼지가 아예 자신을 생매장시켜 버렸으면 하는 심정이었다.

그러나 마리오는 목숨을 끊지는 않으리라고 다짐하고 또 다짐했다. 시인에 대한 충정이 우러나 3000쪽에 달하는 작품 전집을 한 쪽 한 쪽 다 읽을 때까지는 결코 죽을 수 없었다. 첫 오십 쪽은 시인의 집 마당에 있는 종루 아래서 해치워 버렸다. 그러는 사이 바다가 마리오를 산란하게 만들었다. 네루다에게는 절묘한 이미지를 숱하게 안겨 준 바다이지만 마리오에게는 단조로운 대사를 읽어 주는 사람 같았다. 그저 '베아트리스, 베아트리스.'라는 후렴을 선사할 뿐이었다.

마리오는 작품 전집 세 권과 산안토니오에서 산 토레 상표 공책 한 권을 자전거 안장에 묶어 놓고 주점 근처에서 이틀을 어슬렁거렸다. 노도 같은 거장의 시를 접하면서 떠오를지도 모를 단편적인 시상을 적으려고 산 공책이었다. 어부들은 마리오가 바닷가에서 정신없이 연필을 놀리는 것을 목격했다. 그러나 마리오가 아무 의미 없는 원과 삼각형으로 종이를 메우고 있는 줄은 꿈에도 상상하지 못했다. 공책에 담긴 그 공허함이야말로 마리오의 상상력을 보여 주는 엑스레이 사진이었다. 어쨌든 이슬라 네그라에서 파블로 네루다가 사라지자 우체부 마리오가 그의 권좌를 계승하려고 안간힘을 쓴다는 소문이 포구에 퍼지는 데는 단 몇 시간으로 충분했다. 마리오는 한없이 낙담해 있었기 때문에 사람들이 입방아를 찧고 조롱하고 있다는 것을 전혀 눈치채지 못했다. 그러던 어느 날 오후였다. 마리오는 어부들이 해산물을 파는 부두에 앉아 「에스트라바가리오」 끝 부분을 뒤적거리고 있었다. 그때 트럭 한 대가 와서 잡음 섞인 확성기를 통해 "칠레의 후보 호르헤 알레산드리와 함께 공산주의를 막읍시다."라는 선전 구호를 외쳤다. 또한 별로 기발하지는 않지만 사실임에는 틀림없는 "집권 경험이 있는 인물 호르헤 알레산드리."라는 구호가 뒤를 이었다. 흰옷 차림의 남자 두 명이 그 시끌시끌한 차에서 내리더니 함박웃음을 지으며 사람들에게 다가왔다. 인근에서는 보기 드문 그런 웃음이었다. 이 빠진 사람들이 많은 포구에서 함박웃음은 호사스러운 것이었기 때문이다. 두 사람 중 한 사람은 이 지역 우파를 대표하는 하원 의원 랍베였다. 지난 선거에서 포구까지 전기를 끌어오겠다고 약속했고, 신호등을 설치한 점에서 알 수 있듯이 천천히 공약을 이행해 가고 있었다. 다만 신호등이 오히려 혼란을 가중시키는 것이 문제였다. 규정대로 세 가지 색깔이 다 있는 신호등이기는 하지만, 생선 트럭과 마리오의 레냐노 자전거는 물론 당나귀, 개, 부산스러운 암탉들까지 모두 오가는 길목에 설치되었기 때문이다.

랍베가 사람들에게 전단을 건네주며 말했다.

"알레산드리 후보의 선거 운동을 위해 이곳에 왔습니다."

어부들은 전단을 예의 바르게 받아 들었다. 하지만 평소의 근엄한 언행에 걸맞은 표정을 한 전직 노(老)대통령 사진만 쓱 훑어보고는 그냥 윗옷 주머니에 집어넣었다. 탄압받는 좌파 생활을 오래 하다 보니 조심성이 몸에 배어 예의상 전단을 받아 살펴보았지만 다들 낫 놓고 기역 자도 모르는 처지였기 때문이다. 오직 마리오만이 전단을 돌려주며 말했다.

"저는 네루다 씨를 찍을 거예요."

랍베 의원은 마리오에게 짓던 미소를 어부들에게도 흩뿌렸다. 모두들 랍베의 상냥함에 매료되었다. 아마 알레산드리도 랍베의 이런 점을 감안하여 어부들에게 선거 운동을 하라고 보냈을 것이다. 어부들은 미끼를 만드는 데만 일가견이 있는 것이 아니라 달콤한 미끼를 피하는 데도 도사이기 때문이다.

"네 - 루 - 다."

랍베 의원이 시인의 이름을 한 음절 한 음절 잘근잘근 씹듯이 되풀이했다.

"네루다 씨는 위대한 시인이죠. 아마 최고의 시인일지도 몰라요. 하지만 여러분, 솔직히 저는 그를 칠레의 대통령감으로는 보지 않습니다."

그는 마리오에게 집요하게 전단을 내밀며 말했다.

"읽어 보게나. 아마 납득이 갈 테니."

마리오가 종이를 접어 주머니에 넣는 동안 하원 의원은 몸을 숙이고 광주리에 담겨 있는 대합을 들척거렸다.

"열두 개에 얼마죠?"

"나리에게는 150에스쿠도[11]에 드리죠."

"150에스쿠도라고요! 그 가격이면 조개마다 진주가 들었다고 보장하는 겁니다!"

어부들은 랍베의 천연덕스러움에 물들어 웃음을 터뜨렸다. 가는 곳마다 화기애애한 분위기를 연출해 내는 몇 안 되는 칠레 부자들만의 미덕이었다. 하원 의원은 몸을 일으켜 두어 걸음 마리오에게서 물러났다. 그러고는 후광에 싸인 미소로도 모자라 성인처럼 웃으면서 모두들 들으라는 듯 큰 소리로 말했다.

"자네가 시에 빠졌다고 들었네. 네루다 씨와 겨루고 있다고 말이야."

어부들이 와자하게 웃음을 터뜨리는 순간 마리오도 갑자기 얼굴이 발개졌다. 말문이 막히고 기가 막히고 숨이 막히고 머리가 띵하고 기가 죽고 얼간이가 된 것 같고 촌놈으로 취급당한 것 같았다. 동시에 얼굴은 붉은색, 진홍색, 심홍색, 주홍색, 주황색, 자주색으로 시시각각 변해 갔으며, 진땀이 흐르고 맥이 빠지고 그 자리에 얼어붙어 버린 듯한 느낌이었다. 신통하게도 이번만큼은 퍼뜩 뇌리를 스치는 말이 있었다. 하지만 그 말은 '죽어 버렸으면.'이었다.

그러나 그때 하원 의원이 귀공자 같은 표정을 지으며 비서에게 가죽 가방에서 뭔가 꺼내라고 명령했다. 포구의 태양 아래 반짝거리며 튀어나온 것은 금색으로 두 글자가 아로새겨진

---

11) 칠레의 화폐 단위.

푸른 가죽 앨범이었다. 시인의 로사다판 고급 가죽 장정조차
무색할 정도로 고상함을 풍겼다.

마리오에게 앨범을 건네주는 랍베의 눈에 깊은 정이 넘쳐
흘렀다.

"받게, 여기에다가 자네 시를 쓰라고."

천천히 그리고 상큼하게 홍조가 가시기 시작했다. 마치 상
쾌한 파도가 밀려와 구원의 손길을 내밀고 산들바람이 불어
와 땀을 훔쳐 주는 듯했다. 삶이 아름답지는 않을지언정 적어
도 견딜 만은 해졌다. 비로소 숨을 쉴 수 있게 된 마리오는 안
도의 한숨을 내쉬었다. 그리고 윤기 흐르는 푸른 가죽 표면을
쓰다듬으면서, 프롤레타리아적이기는 해도 랍베만큼이나 상
냥한 미소를 띠며 말했다.

"감사합니다, 랍베 씨."

앨범 종이가 너무 매끈하고 하얗다는 점이 다행스럽게도 마리오에게 앨범에 시를 쓰지 않을 구실이 되어 주었다. 마리오는 먼저 토레 상표 공책에 습작을 한 메타포들을 가다듬은 뒤, 앨범에는 그중 최고의 것만 가려서 비누로 손을 정결하게 씻고 시인처럼 초록색 볼펜으로 쓸 작정이었다. 그 후 몇 주 동안 마리오는 점점 더 아무것도 쓸 수 없게 되었지만 그와는 반대로 시인으로서의 명성은 높아져만 갔다. 뮤즈와 희희낙락한다는 소문은 뜨르르 퍼져 나가 코스메의 귀에까지 들어갔다. 그는 마리오에게 사회당 측 산안토니오 지구당의 정치 문화 집회에서 자작시 몇 편을 낭송하라고 강권했다. 둘은 네루다의 「바람 송가」를 낭송하는 것으로 타협을 보았다. 마리오는 시 낭송으로 어느 정도 박수를 받았을 뿐만 아니라 다음

집회에서는 「붕장어탕 송가」로 당원과 지지자들을 즐겁게 해 달라는 요구를 받았다. 그 때문에 코스메는 어부들을 위한 새로운 시 낭송회를 개최하고자 했다.

군중집회에도 출연하고 우편물을 배달할 수신인이 없어진 덕분에 게으름을 피워도 베아트리스에게 접근하고 싶은 열망은 조금도 줄어들지 않았다. 베아트리스는 나날이 아름다움의 극치를 향해 치달았지만 자신의 변화가 마리오에게 어떤 영향을 주는지는 알지 못했다.

마침내 마리오는 네루다의 시를 꽤 많이 외우게 되었다. 그러나 시를 이용해 베아트리스를 꾀어 보려 했을 때, 칠레에서 가장 두려운 기관과 맞닥뜨렸다. 바로 딸 가진 어머니였다. 어느 날 아침 모퉁이 외등 아래서 딴전을 피우는 척하며 끈기 있게 소녀를 기다리던 마리오는 베아트리스가 문을 여는 것을 보고 이름을 간절히 부르며 냉큼 다가섰다. 그러자 베아트리스의 어머니가 무대로 침입해, 그를 벌레 보듯 하며 두말할 나위 없이 '꺼져.'를 의미하는 말투로 인사를 건넸다.

다음 날 마리오는 외교적인 전략을 택했다. 숭배하는 여인이 없을 때 주점에 가서 가방을 바 테이블에 올려놓고, 베아트리스의 어머니에게 고급 포도주 한 병을 주문했다. 그리고 포도주를 편지와 인쇄물 틈에 밀어 넣었다.

마리오는 헛기침을 한 후 주점에 처음 온 것처럼 두리번거리며 말했다.

"예쁜 가게군요."

베아트리스의 어머니가 '예의 바르게' 대꾸했다.

"손님 의견은 묻지 않았어요."

마리오는 가죽 가방에 시선을 내리꽂았다. 가방 속으로 파고 들어가 포도주 병을 벗 삼았으면 하는 심정이었다. 그는 또다시 헛기침을 했다.

"네루다 씨에게 온 우편물이 많이 쌓였습죠. 분실되지 않게 제가 가지고 다닌답니다."

여인은 팔짱을 끼고 더없이 고약해 뵈는 코를 치켜들며 말했다.

"대체 왜 그따위 이야기를 하는 거죠? 혹시 나랑 대화라도 나누고 싶은 거예요?"

마리오는 이 친근한 대화에 고무되어, 오렌지 빛 태양이 새내기 시인과 연인들처럼 감미로워진 바로 그날 석양 무렵 해변을 거니는 소녀의 뒤를 밟았다. 베아트리스의 어머니가 발코니에서 지켜보는 줄은 몰랐다. 마리오는 마침내 바윗가에서 사랑을 고백했다. 처음에는 말이 거칠게 나왔다. 그러나 곧 자신은 인형일 뿐 복화술사 네루다가 대신 말하고 있는 것처럼 물 흐르듯 말을 했다. 이미지를 더없이 매혹적으로 엮어나가 말하는 것이 시 낭송 그 자체인 마리오의 고백은 어둠이 완전히 깔릴 때까지 계속되었다.

바윗가에서 곧장 주점으로 돌아온 베아트리스는, 로베르토 레카로스의 볼레로[12] 「돛단배」를 흥얼거리던 어부 두 사람

----

12) 스페인에서 유래하여 라틴 아메리카, 특히 쿠바에서 인기를 끈 4분의 2박자 노래 혹은 춤. 사랑의 주제를 많이 다루었다.

이 반쯤 마시다 만 술병을 몽유병자처럼 탁자에서 집어 안으로 들어갔다. 어머니는 "문 닫을 시간이군."이라고 중얼거리더니 술값도 받지 않고 손님들을 문까지 전송한 뒤 자물쇠를 채웠다.

베아트리스의 어머니는 딸이 방에서 가을바람을 맞으며 있는 것을 보았다. 은은한 침대 시트 위에서 비스듬히 뜬 보름달빛을 받으며 심상치 않은 숨을 몰아쉬고 있는 중이었다.

"뭐 하는 거지?"

"생각에 좀 잠겨 있었어요."

어머니가 냉큼 스위치를 올리자 고개를 돌리는 소녀의 얼굴에 전깃불이 쏟아졌다.

"생각에 잠겨 있을 때 어떤 표정을 짓는지 보고 싶구나."

베아트리스는 양손으로 눈을 가렸다.

"한가을에 창문을 다 열어 놓고!"

"여기는 제 방이에요, 엄마."

"하지만 진료비는 내가 내잖아. 탁 까놓고 이야기해 보자고. 그 놈팡이가 누구지?"

"마리오라고 해요."

"직업은?"

"우체부요."

"우체부라고?"

"들고 다니는 가방 못 보셨어요?"

"물론 봤지. 가방을 어따 쓰는지도 보았고. 포도주 병을 집어넣더군."

"벌써 배달을 마친 뒤니까요."

"누구에게 편지를 배달하는데?"

"파블로 씨에게요."

"네루다 씨란 말이냐?"

"두 사람은 친구 사이예요."

"그놈이 그렇게 말하디?"

"둘이 같이 있는 걸 보았어요. 저번 날 주점에서 이야기하고 있었으니까요."

"무슨 이야기를 하디?"

"정치에 대해서요."

"아하! 게다가 빨갱이란 말이지."

"엄마, 네루다 씨는 칠레의 대통령이 될 거예요."

"이봐요, 따님. 정치와 시도 혼동할 정도로 똥오줌 못 가리면 곧 미혼모가 되시고 말걸요. 마리오가 무슨 말을 했지?"

베아트리스는 혀끝에 맴도는 말을 몇 초간 뜨거운 침으로 다듬었다.

"메타포요."

어머니는 투박한 구리 침대의 머리 장식을 녹여 버릴 기세로 침대에 찰싹 달라붙었다.

"왜 그러세요, 엄마? 무슨 생각을 하셨죠?"

어머니가 소녀 옆으로 와서 침대 위로 허물어져 내리더니 맥없는 목소리로 말했다.

"한번도 네 입에서 그렇게 긴 단어를 들은 적이 없다. 어떤 메타포지?"

"그가 말하기를……, 그가 말하기를 제 미소가 얼굴에 나비처럼 번진대요."

"그러고는?"

"그 말을 듣고 웃음이 났어요."

"그랬더니?"

"그랬더니 제 웃음에 대해 뭐라고 말했어요. 제 웃음이 한 떨기 장미고 영글어 터진 창이고 부서지는 물이래요. 홀연 일어나는 은빛 파도라고도 그랬고요."

어머니는 떨리는 혀로 입술을 적셨다.

"그래서 너는 무엇을 하고 있었지?"

"잠자코 그냥 있었어요."

"그러면 그놈은?"

"무슨 얘길 더 했냐고요?"

"아니, 무슨 짓을 했냐고. 그 우체부란 작자 입만 살아 있는 게 아니라 손도 있을 거 아냐."

"결코 저를 건드리지는 않았어요. 청순한 소녀 옆에 누워 있는 것이 새하얀 바닷가에 있을 때처럼 행복하다고 말했을 뿐이에요."

"그래서 너는?"

"잠자코 생각에 잠겼죠."

"그러면 그 녀석은?"

"있는 듯 없는 듯 침묵을 지키는 게 좋대요."

"그래서 너는?"

"그를 쳐다보았죠."

"그리고 그 녀석은?"

"그도 저를 쳐다보았어요. 그러고는 제 눈을 응시하다 말고 마치 생각에 잠긴 듯 말없이 제 머릿결을 한참 쳐다보는 거예요. 그러고는 '그대 머리카락을 낱낱이 세어 하나하나 예찬하자면 시간이 모자라겠구려.' 그러더라고요."

어머니는 일어나서 가슴에 손을 가지런히 모아 단두대 칼날 모양을 만들었다.

"더 이상 말할 것 없어. 우리는 아주 위험한 상황과 맞닥뜨렸어. 처음에 말로 집적대는 남자들은 다들 나중에 손으로 한술 더 뜨는 법이야."

"몇 마디 말이 해로울 게 뭐예요!"

베아트리스가 베개를 얼싸안으며 말했다.

"번드르르한 말처럼 사악한 마약은 없어. 촌구석 술집 년을 베네치아 공주처럼 느끼게 만들지. 그리고 나중에 진실의 순간이 오면, 즉 현실로 되돌아오면, 말이란 부도 수표일 뿐이라는 걸 깨닫게 되지. 네 미소가 나비보다 더 높이 난다는 말보다 술주정꾼이 주점에서 네 엉덩짝을 치근덕거리는 게 천만 번 낫지."

베아트리스가 펄쩍 뛰었다.

"나비처럼 '번진다'고 했어요."

"난다고 하든 번진다고 하든 그게 그거야. 왠지 알아? 말 뒤에는 아무것도 남지 않기 때문이야. 허공에서 사라지는 불꽃놀이일 뿐이라고."

"마리오가 해 준 말은 허공에서 사라지지 않았어요. 저는 외우고 있을 뿐만 아니라 일할 때도 그 생각을 할 거예요."

"이제 확실하군. 너 내일 당장 가방 싸서 산티아고 숙모 집에 며칠 가 있어."

"싫어요."

"네 의사는 상관없어. 이건 심각한 일이야."

"남자애 하나가 말 좀 붙였다고 뭐가 심각해요! 계집아이라면 다 겪는 일인데."

어머니는 숄에 매듭을 지었다.

"첫째, 얼핏 봐도 그놈이 네게 하는 말은 네루다 씨 시를 베낀 티가 나."

베아트리스는 고개를 돌려 수평선을 바라보듯 벽을 쳐다보았다.

"아니요! 저를 계속 쳐다보고 있었고 새들이 지저귀듯 말이 흘러나왔어요."

"'새들이 지저귀듯'! 너 오늘 밤 당장 가방 싸서 산티아고로 떠나. 다른 사람 말을 몰래 베끼는 걸 뭐라고 부르는지 아니? 바로 표절이야! 너의 마리오는 네게 갖가지 메타포를 나불거리고 다니다 감옥에 갈 수도 있어. 내 직접 시인에게 전화해서 우체부가 시를 훔치고 다닌다고 말해 주지."

"오, 엄마! 파블로 씨가 그따위 일에 신경 쓸 거라고 생각하시다니요. 대통령 후보이고 노벨상을 받을지도 모르는 분인데 메타포 두어 개 때문에 귀찮게 하다니요."

어머니는 프로 권투 선수처럼 엄지손가락으로 코를 획 훔쳤다.

"'메타포 두어 개'라고. 네가 지금 어떤 상태인 줄 알기나 하니?"

어머니는 딸의 귀를 낚아채 서로 코가 맞닿을 만큼 위로 잡아당겼다.

"엄마!"

"넌 지금 풀잎처럼 촉촉해. 후끈 달아올랐을 때에는 약이 딱 두 가지밖에 없지. 교미나 여행."

어머니는 딸의 귓불을 놓고 침대 밑에서 가방을 꺼내 침대 위에 패대기쳤다.

"가방 싸!"

"싫어요! 여기 남을 거예요!"

"강물은 자갈을 휩쓸어 오지만 말은 임신을 몰고 오는 법이야. 가방 싸!"

"전 스스로를 지킬 줄 알아요."

"흥! 스스로를 지킬 줄 아신다고요! 제가 보기엔 손끝만 스쳐도 무너질 것 같은데요. 이 몸이 그대보다 훨씬 먼저 네루다 시를 읽었다는 것을 기억하시죠. 남정네들이 달아오르면 간덩이까지 시로 변하는 걸 모를 것 같으신가요?"

"네루다 씨는 점잖은 분이에요. 대통령이 될 거라고요!"

"침대에서는 대통령이든 신부든 공산당 시인이든 똑같아. '키스를 하고 떠나가는 뱃사람들의 사랑이 나는 좋네. 언약은 남기지만 영원히 돌아오지 않네.'라는 시를 누가 썼는지 알아?"

"네루다 씨요!"

"옳거니! 그런데도 그렇게 태연해?"

"저라면 고작 키스 한 번 때문에 그렇게 호들갑 떨지 않겠어요."

"키스 때문이라면 나도 물론 안 그러지. 하지만 키스는 불을 일으키는 불꽃이야. 네루다 씨의 다른 시도 들어 보렴. '키스와 '침대'와 빵이 골고루 있는 사랑이 나는 좋아.' 탁 까놓고 말해 아침도 침대에서 같이 먹자는 수작이지."

"엄마!"

"그러고 난 후 그대의 우체부는 내가 아가씨 나이 때 앨범에 썼던 네루다 씨의 불후의 시를 속삭일걸요. '사랑하는 이여, 나는 그것을 원치 않아요. 아무것도 우리를 얽매지 않고, 아무것도 우리를 붙잡아 매지 않도록 말이에요.'라고."

"그것이라니요?"

어머니는 두 손으로 조그만 가상의 원을 만들어 나갔다. 배꼽을 중심으로 위와 아래로 원이 커지기 시작했다. 이 유려한 움직임과 함께 시를 한 자 한 자 낭송했다. "사-랑-하-는 이-여, 나-는 그-것-을 원-치 않-아-요. 아-무-것-도 우-리-를 얽-매-지 않-고, 아-무-것-도 우-리-를 붙-잡-아 매-지 않-도-록 말-이-에-요."

딸은 어리둥절하여 손가락의 현란한 움직임을 쫓다가 약지에 낀 과부의 징표에 암시를 얻어 참새 같은 목소리로 물었다.

"반지 말이에요?"

남편이자 베아트리스의 아버지가 죽었을 때 과부는 또다시 그렇게 사랑하는 식구 누군가가 죽지 않는 한 결코 울지 않겠다고 맹세했다. 하지만 이번에는 적어도 눈물 한 방울이 흐를

락 말락 했다.

"그래, 반지. 얌전히 가방이나 싸렴."

소녀는 베개를 물어뜯으면서 자신의 치아가 남자도 유혹하지만 천은 물론 살점까지도 뜯어 버릴 수 있다는 것을 과시했다. 그러고는 악다구니를 썼다.

"기막혀! 남자애 하나가 내 미소가 얼굴에서 나비처럼 날갯짓한다 그랬다고 산티아고에 가야 되다니."

과부 역시 열을 올렸다.

"닭대가리 같으니! 지금은 네 미소가 한 마리 나비겠지. 하지만 내일은 네 젖통이 어루만지고 싶은 두 마리 비둘기가 될 거고, 네 젖꼭지는 물오른 머루 두 알, 혀는 신들의 포근한 양탄자, 엉덩짝은 범선 돛, 그리고 지금 네 사타구니 사이에서 모락모락 연기를 피우는 고것은 사내들의 그 잘난 쇠몽둥이를 달구는 흑옥 화로가 될걸! 퍼질러 잠이나 자!"

마리오는 목구멍에 온갖 메타포가 걸린 채로 일주일을 보냈다. 베아트리스는 방에 갇혀 있거나, 어머니의 손아귀에 팔뚝을 내맡긴 채 물건을 사러 나오거나 바윗가를 산책했다. 마리오는 자신이 베아트리스 어머니에게 눈엣가시 같은 존재라고 확신했기에 모래 언덕 사이로 숨어 다니면서 먼발치서 쫓아다녔다. 소녀가 뒤를 돌아볼 때마다 과부는 귀를 잡아채 되돌려 세웠다. 보호의 손길이라 하더라도 소녀를 아프게 하기는 마찬가지였다.

마리오는 혀끝으로 추켜올리고 싶은 그 미니스커트 주인공의 그림자라도 나타날까 하여, 오후마다 주점 바깥에서 비탄에 잠긴 채 흘러나오는 「돛단배」를 들었다. 마리오는 젊은이다운 신비주의에 빠져 비장한 결정을 내렸다. 계속 성을 내고 있는 그놈을 달랜답시고 결코 손 기술을 동원하지는 않을 작정이었다. 그래서 낮에는 네루다 시집 밑에 아랫도리를 숨겨 다니고 밤에는 고문받는 심정으로 참았다. 애교로 봐줄 법한 낭만에 사로잡힌 마리오는 공들인 메타포 하나하나와 한숨 하나하나 그리고 장차 자신의 귓불과 사타구니에서 예고편처럼 노닐 소녀의 혀가, 정액을 영글게 하는 대우주의 기(氣)라고 상상했던 것이다. 베아트리스의 어머니가 심장 마비를 일으키든 아니면 자신이 소녀를 납치하든 신이 자신의 존재를 입증하려고 소녀를 마리오 품에 안겨 줄 그날이 오면, 수백 리터는 고였을 그 농축된 자양액으로 베아트리스를 환희로 까무러치게 만들 작정이었다.

그 주 일요일, 두 달 전 네루다를 데려갔던 그 붉은 트럭이 이슬라 네그라의 칩거지로 그를 다시 데려왔다. 다만 이제 그 차는, 얼굴은 엄한 아버지 같지만 가슴은 비둘기처럼 다정하고 고상한 사람의 선전 포스터로 도배되어 있었다. 포스터 밑에는 살바도르 아옌데라는 이름이 쓰여 있었다.

어부들은 트럭 뒤를 따라 달리기 시작했다. 그들 틈에 낀 마리오는 육상 선수로서는 자질이 없음을 입증했다. 네루다는 대문에서 폰초[13]를 어깨에 두르고 특유의 경마용 모자를 쓰고 즉석연설을 했다. 짧은 연설이었지만 마리오에게는 한없이 길게만 느껴졌다. 시인은 자신의 집과도 같은 바다의 향기를 맡으며 말했다.

---

13) 상체에 두르는 소매 없는 옷.

"저의 입후보는 불길을 일으켰습니다. 모든 곳에서 방문을 요청했습니다. 저를 꼭 껴안고 입을 맞추고 눈물을 흘리던 그 수많은 시골 남녀노소들 앞에서 제 마음은 따스해졌습니다. 그들 모두에게 연설을 하거나 제 시를 읽어 주었습니다. 가끔은 진흙탕으로 변한 거리나 도로에서 억수 같은 비를 맞으면서, 또 가끔은 남부 지방의 살을 에는 바람을 맞으면서 말입니다. 저는 참으로 감격했습니다. 점점 더 많은 사람이 집회에 참가했습니다. 점점 더 많은 여성이 참가했고요."

어부들은 웃음을 터뜨렸다.

"흥분과 두려움으로 저는 대통령에 당선되면 무엇을 해야 할까를 생각하기 시작했습니다. 그때 희소식이 날아들었습니다."

시인은 팔을 뻗어 트럭의 포스터를 가리켰다.

"아옌데 씨가 민중 연합[14]의 단일 후보로 추대되었습니다. 당의 승인하에 저는 곧바로 후보를 사퇴했습니다. 환희에 들뜬 수많은 군중 앞에서 저는 사퇴 연설을, 아옌데 씨는 후보 수락 연설을 했습니다."

그곳에 모여든 청중의 수를 뛰어넘는 박수 소리가 쏟아져 나왔다. 그리고 네루다가 그간 굶주려 있던 책상, 소라, 쓰다 만 시, 뱃머리 장식들[15]과 재회하기 위해 연단에서 내려왔을 때, 마리오가 다가와 애원하듯 입을 열었다.

"선생님……."

---

14) 1970년 대통령 선거를 위해 결성한 칠레 좌파 정당들의 연합.
15) 소라와 뱃머리 장식은 수집벽이 있던 네루다의 수집품 중 하나다.

시인은 투우사처럼 능란한 움직임으로 청년을 피한 다음 말했다.

"내일, 내일 보자고."

그날 밤 우체부는 별을 세고 손톱을 물어뜯고 씁쓸한 적포도주를 들이켜고 뺨을 쥐어뜯으면서 불면의 밤을 즐겼다.

다음 날 아침 코스메는 네루다에게 온 우편물을 건네주려다가 마리오의 몰골을 보고 불쌍하다는 생각이 들었다. 그래서 머리에 떠오르는 유일한 현실적인 위로를 해 주었다.

"베아트리스가 지금은 아름다움 그 자체지. 하지만 오십 년 후에는 꼬부랑 할머니가 될 거야. 그렇게 생각하라고."

그러고는 즉시 우편물 꾸러미를 건넸다. 꾸러미를 묶은 고무줄을 풀었을 때 편지 한 통이 유난히 마리오의 시선을 끌었다. 마리오는 나머지 우편물을 탁자 위에 도로 내팽개쳤다.

마리오는 테라스에서 푸짐한 아침을 마주하고 있는 네루다를 발견했다. 갈매기들이 바다에 반사된 눈부신 햇빛에 놀라 어지럽게 날고 있었다. 마리오가 심각한 어조로 말했다.

"선생님, 편지 한 통 가져왔어요."

네루다는 그윽한 커피를 한 모금 음미하며 어깨를 옴쭉거렸다.

"자네 직업이 우체부이니 이상할 것 없겠지."

"친구로서, 이웃사촌으로서, 그리고 동지로서 부탁드립니다. 제 앞에서 편지를 뜯어 읽어 주십시오."

"나에게 온 편지를 자네에게 읽어 달라고?"

"네. 베아트리스 어머니가 보낸 것이니까요."

마리오는 비수처럼 날이 선 편지를 탁자에 놓았다.

"베아트리스 어머니가 내게 편지를 썼다고? 속에 음흉한 고양이가 숨어 있겠지. 아! 내가 쓴 「고양이 송가」가 생각나는군. 쓸 만한 이미지 세 개가 있었던 게 아직 기억나. 응접실의 작은 호랑이, 내실의 비밀경찰, 관능적 기와지붕 위의 술탄 같은 고양이에 관한 이미지들이었지."

"선생님, 오늘은 메타포를 생각할 기분이 아니에요. 제발 편지를."

네루다는 버터 칼로 편지를 뜯었다. 일부러 굼뜨게 굴어서 일 분 이상이나 걸렸다. 시인은 '복수는 신들의 즐거움'이란 말이 맞군.'이라고 생각하면서 봉투에 붙어 있는 우표를 찬찬히 들여다보았다. 우표 속 위인의 생동감 있는 턱수염을 시시콜콜 뜯어보고, 산안토니오 우체국의 희미한 직인을 판독하는 척하고, 발송인 이름 위에 들러붙은 바삭거리는 빵 조각을 떼어 냈다. 어떠한 추리 영화의 거장도 마리오를 그런 서스펜스로 몰아넣지 못했을 것이다. 이미 손톱이 남아나지 않은 마리오는 손가락 골을 하나하나 물어뜯었다.

시인은 평소 시를 낭송할 때의 어투로 편지를 읽어 나가기 시작했다.

"존경하는 네루다 씨에게. 저는 과부인 로사 곤살레스라고 합니다. 포구 주점의 새 주인이며 당신 시의 예찬자이지만 기독 민주당[16]의 지지자입니다. 당신을 찍지도 않았겠지만 다가오는 선거에서 아옌데 씨를 찍지도 않을 겁니다. 하지만 어머니로서, 칠레 여인으로서, 이슬라 네그라의 이웃으로서 당장

한번 뵙고……"

이 순간부터 시인은 마지막 몇 줄을 소리 없이 읽었다. 마리오를 골려 주려고 그런 것이 아니라 기가 막혀서였다. 네루다의 얼굴이 갑자기 굳어지는 바람에 마리오는 새끼손가락에서 피를 보고야 말았다. 네루다는 편지를 접고 마리오를 뚫어지게 바라보면서 마지막 부분을 외워서 말해 주었다.

"……미성년자를 농락한 마리오 히메네스란 작자에 대해 이야기를 나누었으면 합니다. 이만 줄입니다. 이상입니다. 안녕히 계십시오. 로사 곤살레스."

네루다는 마음을 단단히 먹고 일어섰다.

"마리오 동무. 나는 이 일에 관여하지 않겠네."

마리오는 소라, 책, 뱃머리 장식들로 뒤덮인 응접실로 네루다를 쫓아갔다.

"저를 버리시면 안 돼요. 과부에게 이야기해서 미쳐 날뛰지 말아 달라고 해 주세요."

"이봐, 나는 시인일 뿐이야. 딸 가진 어머니의 오장 육부를 녹이는 재주는 없다고."

"도와주셔야 해요. 선생님이 그렇게 쓰셨잖아요."

　　지붕 없는 집도 유리창 없는 창도 싫네.
　　노동 없는 낮도 꿈이 없는 밤도 싫네.

---

16) 당시의 집권 정당. 중도 좌파 성격의 정당이지만 좌파와는 대립 관계에 있었다.

여인 없는 남자도 남자 없는 여인도 싫네.

남녀가 얽혀 그때껏 꺼져 있던

키스의 불꽃을 불태웠으면 좋겠네.

나는야 유능한 뚜쟁이 시인.

"지금 와서 이 시가 부도 수표라고는 말씀 못 하시겠죠."

창백함과 놀라움의 두 물결이 가슴 깊숙한 곳에서 솟구쳐 네루다의 눈동자에 어른거렸다. 네루다는 일순간에 말라 버린 입술을 적시며 쏘아붙였다.

"자네 논리대로라면 셰익스피어를 햄릿 아버지 살인범으로 체포해야겠군. 가련한 셰익스피어가 그 비극을 쓰지 않았다면 틀림없이 햄릿 아버지에게는 아무 일 없었을 테니."

"선생님, 안 그래도 뒤숭숭한데 제발 정신 사납게 하지 마세요. 제가 원하는 건 아주 간단해요. 베아트리스와 만나는 걸 허락해 달라고 과부에게 부탁해 주세요."

"부탁해 주면 만족하겠나?"

"네."

"만약 과부의 허락이 떨어지면 날 좀 내버려 두겠나?"

"적어도 내일까지는요."

"그나마 다행이군. 과부에게 전화해 보자고."

"지금 바로요?"

"당장."

시인은 수화기를 들고 청년의 휘둥그레진 눈을 음미했다.

"심장 박동이 개 짖듯 하는 게 여기까지 들리는군. 심장 꽉 붙들어 매 놔."

"못 하겠어요."

"자, 주점 전화번호를 대 봐."

"1번이요."

"전화번호 외느라 한세상 걸렸겠군."

마리오는 네루다가 다이얼을 놀리고 난 후 통화를 시작하기 직전까지의 기나긴 적막 때문에 또다시 애를 태웠다.

"로사 곤살레스 부인이십니까?"

"네, 그렇습니다."

"파블로 네루다입니다."

시인은 여느 때라면 어색해했을 일을 한 셈이다. 왜냐하면 한창 잘나가는 스타를 소개할 때의 텔레비전 사회자의 말투를 본떠 자기 이름을 발음했기 때문이다. 과부의 편지나 그녀와의 전초전 결과 마리오를 초주검 상태에서 구해 내려면, 파렴치한 짓이라도 마다하지 말아야 한다는 것을 직감적으로 느꼈던 것이다. 그러나 평소라면 위력을 발휘했을 시인의 쟁쟁한 이름에 과부는 그저 "아하."라고 말할 뿐이었다.

"친절한 편지에 감사드립니다."

"감사하실 필요는 전혀 없어요. 그 대신 지금 당장 드릴 말씀이 있습니다."

"말씀해 보세요, 로사 부인."

"개인적으로요!"

"어디서 뵐까요?"

"원하시는 곳에서요."

네루다는 잠시 생각 끝에 조심스레 대답했다.

"그럼 제 집에서 뵙죠."

"가죠."

전화를 끊기 전에 시인은 수화기를 흔들었다. 마치 수화기 안에 남아 있을지도 모를 과부의 목소리를 털어 버리려는 듯 했다. 마리오가 애원하듯 물었다.

"뭐라고 해요?"

"'가죠.'라고."

네루다는 손을 비비면서 이슬라 네그라에서의 첫날에 초록 빛 메타포로 가득 채우려던 공책을 체념하며 덮었다. 그리고 바로 자기 자신에게 필요한 용기를 청년에게 북돋아 주는 미 덕을 발휘했다.

"적어도 우리는 홈그라운드에서 싸우는 걸세."

시인은 전축으로 발길을 옮기더니 갑자기 행복에 겨워 손가 락 하나를 들면서 선언했다.

"자네에게 줄 아주 특별한 선물 하나를 산티아고에서 가져 왔지. 공인 우체부 찬가일세."

이 말과 함께 비틀스의 「우체부」 멜로디가 응접실에 퍼졌다. 그러자 뱃머리 장식들이 움찔움찔, 병 속의 돛단배들이 출렁 출렁, 아프리카 가면들이 이빨을 으드득으드득, 응접실 돌들 이 들썩들썩, 나무에 홈이 쩌억쩌억, 의자의 은 세공이 너울너 울, 서까래의 죽은 친구들이 덩실덩실, 오랫동안 꺼져 있던 담 뱃대들이 푸우푸우, 배불뚝이 킨차말리 도자기들이 기타를 딩가딩가, 벽을 뒤덮은 벨 에포크 화류계 여인들의 향수가 스

멀스멀, 푸른 말이 다그닥다그닥, 휘트먼 시의 고색창연한 기관차가 기적을 울렸다.[17]

시인은 막 태어난 아기를 안아 주라는 듯이 마리오의 팔에 음반 재킷을 안겨 주었다. 그러고는 펠리컨이 날개를 펄럭이듯 덩실거리면서, 동네 춤판을 주름잡는 장발족 청년들처럼 춤을 추기 시작했다. 수많은 이국의 여인과 시골 처녀들의 따스한 허벅지를 섭렵한 바 있고, 지상의 모든 길은 물론 자신의 시 속의 길까지 다 밟아 보았던 두 다리로는 리듬을 맞추었다. 나이 탓에 힘겨워하면서도 연륜에서 우러나오는 단아한 세련됨으로 요란한 드럼까지도 감미롭게 승화시키며 춤을 추었다. 마리오는 꿈을 꾸고 있는 듯했다. 네루다의 춤은 천사의 서곡이고, 다가오는 영광의 약속이며, 메마르다 못해 소금기만 남은 입술에 사랑하는 여인의 풍요로운 타액을 가져다주리라는 예고의 의식이었다. 가운을 걸친 우람한 천사가 부드러움과 여유 속에서도 정열적인 춤을 추니, 마리오는 백년가약이 머지않음을 확신했다. 상큼한 기쁨이 마리오의 얼굴에 번지고, 웃는 듯 마는 듯한 미소가 일상의 빵처럼 소박하게 다시 피어났다. 마리오는 속으로 말했다. '언젠가 죽는 날이 와도

---

17) 네루다의 수집품 중에는 뱃머리에 다는 천사상, 병 속에 든 장식용 돛단배, 아프리카 가면, 칠레 중부에 위치한 킨차말리 지방의 도자기, 벨 에포크(1900년 전후 파리의 예술, 문화 번성기.) 시대의 여인 삽화, 심지어 조그만 기관차도 있었다. 이슬라 네그라 집의 별채에는 손님 접대를 위한 바가 있는데, '서까래의 죽은 친구들'은 그 바의 서까래에 네루다가 새겨 놓은 죽은 친구들의 이름을 말한다. '푸른 말'은 네루다의 시적 이미지이며, 휘트먼은 그가 예찬하던 시인이다.

천당이 지금 이 순간 같았으면.'

하지만 언제나 그렇듯 천국으로 가는 열차는 완행이고, 축축하고 숨 막히는 역에서 지체하는 법이다. 오직 지옥행 열차만이 급행이다. 바로 그 지옥의 열기가 혈관을 따라 솟구쳤다. 유리창 너머 과부가 기관총이라도 난사할 태세로 음산한 몸통과 발을 놀리며 돌격해 오는 것이 보였기 때문이다. 시인은 우체부를 커튼 뒤에 숨기는 게 좋겠다고 판단했다. 그러고는 돌아서서 경마 모자를 품위 있게 벗으며 과부에게 가장 푹신한 의자를 권했다. 하지만 과부는 권유를 뿌리치고 두 다리를 척 벌리고 섰다. 그러고는 가슴을 활짝 펴고 단도직입으로 말했다.

"당신께 드릴 말씀은 앉아서 하기에는 너무 심각한 거예요."

"무슨 일이십니까, 부인?"

"몇 달 전부터 그 마리오란 놈팡이가 제 주점 근처를 맴돌고 있죠. 이 작자가 감히, 겨우 열여섯 살인 제 딸에게 집적거립니다."

"따님에게 무슨 말을 했는데요?"

과부가 침을 뱉듯 말했다.

"메타포요."

시인은 침을 꼴까닥 삼켰다.

"그런데요?"

"네루다 씨, 메타포로 제 딸을 용광로보다 더 후끈 달아오르게 했다니까요!"

"지금은 겨울입니다, 부인."

"불쌍한 베아트리스는 그 우체부 때문에 완전히 맛이 가고 있단 말입니다. 가진 것이라곤 알량한 무좀 균뿐인 작자 때문에 말입니다. 발은 병균으로 득실거리는 주제에 주둥아리만 살아서 나불대죠. 주둥아리도 그냥 주둥아리가 아니라 칡넝쿨처럼 얽혀오죠. 가장 심각한 것은 뻔뻔스럽게도 제 딸을 꼬드기는 데 쓰는 메타포들이 당신 책에서 베낀 거라는 사실입니다."

"그럴 리가요!"

"그렇다니까요! 처음엔 순수하게 나비 같은 미소 어쩌고저쩌고 했죠. 하지만 다음번에는 벌써 딸에게 젖가슴이 두 줄기 불꽃 같다고 말했어요."

시인이 캐물었다.

"그가 사용한 이미지가 시각일까요, 아니면 촉각일까요?"

"촉각이죠. 지금은 마리오란 놈이 사라질 때까지 딸의 외출을 금하고 있어요. 아마 이런 식으로 딸을 가두는 게 잔인하다고 생각하실 테지만, 가슴 가리개 안에서 이 괴상망측한 시를 발견했다고요."

"가슴 가리개 안에서 불길을 사르고 있었다고요?"

과부는 종이를 한 장 꺼내 들었다. 분명히 토레 상표의 산수 공책 종이였다. 과부는 재판 속기록을 읽듯 그 종이를 읽으면서 탐정처럼 신랄하게 '벌거벗은'이란 단어를 강조했다.

'벌거벗은' 당신은 그대 손만큼이나 단아합니다.

보드랍고 대지 같고 자그마하고 동그랗고 투명하고

당신은 초승달이요 사과나무 길입니다.

'벌거벗은' 당신은 밀 이삭처럼 가냘픕니다.

'벌거벗은' 당신은 쿠바의 저녁처럼 푸릅니다.

당신 머릿결에는 메꽃과 별이 빛납니다.

'벌거벗은' 당신은 거대하고 황금빛으로 물들어 있습니다,

여름날의 황금 성전처럼.

과부는 부르르 떨며 종이를 구겨 앞치마에 다시 쑤셔 넣으면서 결론지었다.

"네루다 씨, 즉 우체부 그 작자가 내 딸이 홀딱 벗은 걸 보았다고요."

그 순간 시인은 세계를 유물론적으로 해석하는 공산주의에 귀의한 것을 한탄했다. 미치고 펄쩍 뛸 지경이라 신의 자비를 빌고 싶었던 것이다. 네루다는 기가 꺾였지만 감히 설명을 하려 했다. 죽은 사람에게도 아직 시체가 된 건 아니라고 설득한 찰스 로턴 같은 탁월한 변호사도 아니면서 말이다.

"로사 부인, 시의 내용이 꼭 실제 상황이라고 보실 필요는 없습니다."

과부는 한없이 멸시하는 투로 시인을 쩨려보았다.

"이 배 안에 아홉 달을 품었고 십칠 년을 키운 아이예요. 그 시에는 거짓이 없어요. 내 딸이 벗으면 그 시 그대로라고요."

네루다는 아무 말도 하지 못하고 속으로 그저 '주여.' 하고 빌었다.

과부가 말했다.

"그 작자가 당신에게서 영감을 얻고 당신을 신뢰하니 꼭 부탁드리겠습니다. 그 표절자 우체부 마리오에게 명령해 주세요. 오늘부터 평생 딸 앞에 얼씬도 말라고요. 또 전해 주세요. 한 번만 더 얼씬거리면 내가 직접 두 눈알을 뽑아 버릴 거라고요. 그 뻔뻔스러운 우체부 미하일 스트로고프[18]가 겪은 것처럼 말입니다."

과부는 물러갔지만 그녀가 내뱉은 말은 아직 허공에서 쩌렁쩌렁 울리고 있었다. 시인은 "안녕히 가세요."라고 인사하고, 경마 모자를 쓰고는 마리오가 숨어 있는 커튼을 툭 쳤다. 네루다는 마리오를 보지 않고도 말할 수 있었다.

"마리오, 백지장처럼 하얗게 질려 있군."

마리오는 바닷바람을 깊이 들이마시려고 테라스로 향하는 시인을 추격했다.

"선생님, 겉은 백지장이지만 속은 숯검정이에요."

"메타포가 자네를 과부의 뜨거운 쇠꼬챙이에서 구해 줄지 아나? 벌써 눈에 선해. 거지 동냥박 같은 퀭한 눈으로 흰 지팡이를 짚고 검은 개를 앞세워 편지를 배달하는 모습이."

"베아트리스를 볼 수 없다면 눈이 있은들 무슨 소용이랴!"

"이보시게, 아무리 절망에 빠졌다고 웬 볼레로인가. 이 집에서 시는 용납돼도 볼레로는 안 되지. 과부의 협박이 빈말일 수도 있지만 진짜라면 자네는 '삶이 칠흑처럼 어둡다.'는 그 상투적인 어구를 평생 뇌까릴 수 있는 권리를 얻을 거야."

---

18) 쥘 베른 「차르의 밀사」의 등장인물.

"제게 해코지하면 과부도 감옥에 갈 거 아니에요."

네루다는 이아고가 오셀로 귀에 속닥거릴 때처럼[19] 음흉하게 마리오의 등 뒤에서 쇼를 하듯 반원을 그렸다.

"두어 시간은 감옥에 갇혀 있겠지만 완전 자유의 몸으로 풀려날 걸세. 정당방위였다고 주장할 테니까. 자네가 무기를 들고 눈에 넣어도 아프지 않은 딸의 처녀성을 유린했다고 주장하겠지. 송곳니처럼 뾰족하고 시퍼렇게 날이 선 메타포라는 비수를 들이대 순결을 갈기갈기 찢어 놓았다고 할 거야. 게걸스러운 침으로 범벅된 시가 소녀의 젖꼭지에 흔적을 남겼다고 할 거고. 그보다 훨씬 하찮은 일로 시인 프랑수아 비용을 나무에 목매달았지. 그의 목에서는 붉은 피가 장미꽃처럼 용솟음쳤고."

마리오는 눈시울이 촉촉해지고 있음을 느꼈다. 목소리 역시 젖어 있었다.

"그 과부가 면도칼로 내 뼈 마디마디를 박박 긁어도 상관없어요."

"얼씨구! 여기 기타 트리오가 없어 유감이군. '뚜, 루, 루, 루' 하고 코러스라도 넣어 주게."

마리오가 넋을 잃은 채 말을 이었다.

"제 마음이 아픈 건 베아트리스를 볼 수 없다는 그 사실 때문이에요. 앵두 같은 입술, 밤하늘을 빚어 놓은 듯 한가롭고

---

19) 셰익스피어의 「오셀로」에서 오셀로의 기수 이아고는 오셀로의 부인 데스데모나를 중상모략해서 부부 사이를 갈라놓았다.

새까만 눈. 그녀의 그 따스함을 맡을 수 없다니!"

"과부의 말로 미루어 봐서는 따스하다는 말보다는 '불을 뿜는'이란 표현이 어울릴 것 같구."

"왜 베아트리스 어머니가 저를 꺼리죠? 소녀와 결혼하고 싶은데."

"과부의 말에 따르면, 자네가 발톱의 때 말고는 가진 게 없어서지."

"하지만 저는 젊고 건강한걸요. 아코디언보다 더 팽팽한 허파도 있고요."

"하지만 베아트리스 때문에 한숨 쉬는 데만 허파를 사용하잖아. 벌써 유령선 뱃고동 같은 천식 소리가 나는걸."

"하! 제 이 허파로 순양함 돛에 바람을 불면 호수까지라도 보내 버릴걸요."

"계속 베아트리스 때문에 가슴앓이하면 한 달 후에 생일 케이크 촛불도 못 끌걸."

마리오가 열을 올렸다.

"좋아요, 그러면 저더러 어쩌라고요?"

"첫째, 나한테 소리 지르지 말라고, 귀머거리가 아니니까!"

"죄송해요, 선생님."

네루다는 마리오의 팔을 붙잡고 길을 가리켰다.

"둘째, 집에 가서 낮잠을 한숨 자라고. 눈이 죽사발보다 더 퀭하잖아."

"일주일째 눈을 붙이지 못했어요. 어부들이 저더러 '올빼미'래요."

"계속 그러면 일주일 안에 자네를 나무 조끼 속에 집어넣게 될 거야. 사람들은 정겹게도 그걸 '관'이라고 부르지. 마리오, 화물 열차보다도 더 긴 대화를 나누었군. 잘 가게."

두 사람은 대문에 이르렀고 네루다가 단호한 몸짓으로 문을 열었다. 그러나 네루다가 마리오를 길 쪽으로 슬며시 떠밀었을 때, 마리오의 뽀송뽀송한 턱수염이 화석처럼 굳어졌다. 마리오가 단단히 마음을 먹고 말했다.

"시인 동무, 당신이 저를 이 소동에 빠뜨렸으니 책임지고 저를 구해 주세요. 당신이 제게 시집을 선물했고, 우표를 붙이는 데에만 쓰던 혀를 다른 데 사용하는 걸 가르쳤어요. 사랑에 빠진 건 당신 때문이에요."

"천만에! 시집 두어 권 선물했다고 내 시를 표절하라 허락해 준 줄 아나 보지? 게다가 자네는 내가 마틸데를 위해 쓴 시를 베아트리스에게 선사했어."

"시는 쓰는 사람의 것이 아니라 읽는 사람의 것이에요!"

"너무나 민주적인 말이라 감동하겠군. 하지만 아버지가 누군지 가족 투표로 정할 만큼 극단적인 민주주의를 행하지는 말자고."

마리오는 눈 깜짝할 사이에 가방을 열어 포도주 한 병을 꺼냈다. 네루다가 애호하는 상표의 포도주였다. 네루다는 어쩔 수 없이 미소를 지었고 그 미소는 이내 동정에 가까운 자애로운 표정으로 변했다. 두 사람은 응접실로 갔다. 네루다가 수화기를 들어 다이얼을 돌렸다.

"로사 부인이세요? 또 파블로 네루다입니다."

마리오는 수화기를 통해 과부의 대답을 엿듣고 싶었다. 하지만 과부의 대답은 시인의 고막만 괴롭혔을 뿐이다.

"당신이 열두 사도를 거느린 예수라 해도 우체부 마리오는 결코 이 집에 발을 들여놓지 못할 겁니다."

네루다는 귓불을 어루만지면서 공허한 시선을 천장으로 돌렸다.

"선생님, 왜 그러세요?"

"아냐, 아무것도. 다만 첫 회에서 케이오 패 한 권투 선수의 심정을 이제 알 것 같아."

9월 4일 밤 깜짝 놀랄 뉴스가 세계를 휩쓸었다. 살바도르 아옌데가 칠레 대통령 선거에서 승리했다는 소식이었다. 민주적인 투표로 집권한 최초의 마르크스주의자 대통령이었다.

로사 부인의 주점은 어부들, 봄맞이 관광객들, 다음 날 땡땡이칠 작정을 한 학생들, 네루다 등으로 금방 넘쳐났다. 네루다는 정치 물을 먹어 본 사람답게 국제 통신사들의 장거리 전화 인터뷰 요청을 피해 잠시 칩거지를 나온 참이었다. 무지갯빛 서광으로 손님들의 씀씀이가 헤퍼졌다. 그래서 과부는 할 수 없이 베아트리스를 영어의 몸에서 풀어 주고 잔치 준비를 돕게 했다.

마리오는 주점과 신중하지 못한 거리를 유지하고 있었다. 코스메가 뒤늦게 잔치에 합류하려고 자신의 포드40에서 내렸을 때, 마리오가 얼른 다가가 한 가지 사명을 부여했다. 선거에서 승리해 한껏 들뜬 코스메는 이를 기꺼이 받아들였다. 그 사명이란 간단한 뚜쟁이 짓을 하는 것이었다. 틈을 봐서 베아트리스에게, 마리오가 근처 어구 보관 창고에서 기다리고 있다고 넌지시 말해 주면 되었다.

운명의 순긴은 뜻밖에도 하원 의원 랍베가 미소에 어울리는 흰색 정장을 하고 주점에 들어왔을 때 다가왔다. 어부들이 "꼬랑지 좀 꺼내 보라고."라고 빈정거리며 소란을 피웠지만, 랍베는 네루다가 술을 마시는 탁자 쪽으로 가서 세련된 태도로 말을 건넸다.

"네루다 씨, 민주주의 규칙은 이런 것이죠. 질 줄도 알아야죠. 패자로서 승자에게 축하를 드립니다."

"그렇다면 건배를 합시다."

네루다가 대답하며 포도주를 따라주고 건배를 위해 잔을 높이 들었다. 모여 있던 사람들이 박수를 쳤다. 어부들은 "아옌데 만세, 네루다 만세."를 외쳤다. 코스메는 바로 그때 소녀의 육감적인 귓불에 입술을 바싹 대고 마리오의 전갈을 은밀히 전했다.

소녀는 포도주 항아리와 앞치마를 내동댕이치고 바 테이블에서 계란 하나를 집어 들었다. 그러고는 쏟아지는 별밤 아래 맨발로 약속 장소를 향해 갔다.

창고 문을 열었을 때 어지러이 널린 그물 사이에서 작은 구두장이 의자에 앉아 있는 마리오를 발견했다. 오렌지색 석유등 불빛이 마리오의 얼굴에 이글거렸다. 마리오도 테이블 축구대 옆에서의 첫 만남 때처럼 아슬아슬한 미니스커트와 꽉 죄는 블라우스를 입은 베아트리스를 알아보았다. 그때의 흥분이 되살아났다. 베아트리스는 발로 문을 닫은 후, 마리오의 기억에 맞장구치듯 연약한 타원형 계란을 치켜들었다가 입술 언저리에 놓았다가 하더니 가슴 쪽으로 조금 내렸다. 계란이 베아트리스의 춤추는 듯한 손가락 놀림에 맞춰 계속 아래로 미끄러지더니 두근거리는 가슴과 매끄러운 배를 지나 사타구니 사이로 쏙 들어갔다. 베아트리스는, 사타구니 사이 삼각주로 숨은 계란을 순식간에 덮혔다. 그런 다음 뜨거운 눈길로 마리오의 눈을 바라보았다. 마리오는 일어서려 했지만 베아트리스가 제지했다. 그러더니 계란을 갈색 이마와 콧잔등에 차례대로 얹었다가 이빨 사이에 끼웠다.

바로 그 순간 마리오는 몇 달간 일편단심 발기해 있던 그놈이 조그만 언덕에 불과했음을 깨달았다. 아랫도리에서 거대한 산맥이 불끈 솟아오르더니, 용암이 꿈틀거리는 활화산이 되어 혈관을 팽창시키고 눈앞을 아득하게 하고 침마저도 정액으로 변화시키기 시작했다. 베아트리스는 마리오에게 무릎을 꿇으라고 했다. 소녀가 천상을 거닐 듯 곁으로 다가왔을 때, 마리오에게는 투박한 나무 바닥도 제왕의 융단처럼 느껴졌다.

소녀는 마리오에게 두 손을 모아 오므리라고 손짓했다. 누구에게 복종하는 것을 못 참아 하던 때도 있었지만 지금은 그저 노예가 되기를 마리오는 열망했다. 베아트리스가 몸을 뒤로 젖히자 계란이 어수룩한 줄타기 곡예사처럼 블라우스와 치마를 훑어 내려와 마리오의 손바닥에 안착했다. 고개를 들었을 때 베아트리스의 불꽃 같은 혀와 결연히 흐느적거리는 눈동자와 상대방이 행동에 옮기기를 고대하는 눈썹이 보였다. 마리오는 알을 품을 작정인 양 계란을 세심하게 들어 올렸다. 그러더니 소녀의 배 위에 놓고 야바위꾼처럼 미소 지었다. 마리오의 손놀림에 따라 계란이 베아트리스의 두 엉덩짝과 가운데 계곡선을 친친히 활주하다가 오른쪽 갈비뼈에 이르렀다. 베아트리스는 입을 살포시 벌린 채 복부와 엉덩이에 닿는 마리오의 수신호를 쫓았다. 계란이 일주를 마쳤을 때, 마리오는 그것을 다시 하복부의 개선문으로 행진시키고 양 가슴 사이를 노닐게 했다. 그러고는 몸을 일으키면서 계란을 베아트리스의 목에 끼웠다. 소녀는 턱을 내려 계란을 끼고 추파를 던졌다. 그것은 애정의 표시라기보다는 돌격 명령이었다. 그러자 마리오는 입을 내밀어 계란을 깨물고 뒤로 물러서면서 베아트리스의 입이 계란을 다시 가져가기를 기다렸다. 계란 껍데기 위로 소녀의 입술이 스치는 걸 느끼는 순간 마리오는 열락에 들떠 입이 헤벌어졌다. 끈적끈적 와 닿는 이 입술은 마리오가 꾼 무수한 꿈속에서는 최후의 보루였다. 꿈속에서 소녀는 마리오가 모든 숨구멍과 양팔의 솜털, 비단 같은 눈꺼풀, 아찔한 목선을 핥는 것을 바라만 보다가 마지막으로 입술을 허락했다. 수확의 계절이 닥친 것이다. 해골처럼 말라 버린 마리오의 몸속에는 사랑이 이미 진하고 굳세게 영글어 있었다. 마리오는 태초의 언어로 돌아가 속으로 단지 '이 순간, 이, 이 순간, 이, 이, 이, 이, 이 순간, 이, 이, 이 순간, 이'라고만 되풀이했다. 소녀가 입으로 물어 계란을 뺐을 때 마리오는 눈을 감았다. 그리고 어둠 속에서 그녀를 뒤에서 껴안았다. 그 순간 잔잔하던 바다에 반짝거리는 고기 떼가 수면 위로 뛰어오르는 듯한 느낌이 들었다. 형언할 수 없이 거대한 달이 마리오를 환하게 비추었다. 베아트리스의 목덜미에 입을 맞추는 순간 '영원'이 무엇인지 깨달을 수 있었다. 사랑하는 소녀를 마주 바라보면서 마리오는 다시 한 번 계란을 입에 물었다. 두 사람이 내밀한 음악에 맞춰 춤을 추듯, 소녀는 블라우스 앞섶을 살짝 열었고 마리오는 계란을 가슴 사이로 미끄러뜨렸다. 베아트리스는 허리띠를 풀고 꽉 조인 옷을 들추었다. 소녀가 머리 위로 블라우스를 던져 버리자 계란이 바닥에 떨어져 깨졌다. 석유등 불빛에 황금색으로 물든 상체가 드러났다. 마리오는 미니스커트를 힘들게 내렸다. 소녀의 향기로운 수풀이 애욕에 찬 코를 설레게 했을 때, 마리오는 혀끝을 처박지 않을 수 없었다. 바로 그때 베아트리스가 헐떡거림과 흐느낌과 아우성과 으르렁 소리와 음악 소리와 들뜬 열기가 뒤섞인 차진 신음 소리를 내질렀다. 비명은 몇 초 동안 계속되었고 소녀가 온몸이 부서져라 진저리 치다가 나무 바닥으로 허물어져 갔다. 베아트리스는 숲속의 샘물을 맛본 마리오의 입술에 손가락 하나를 살짝 댄 뒤 그 젖은 손가락으로 마리오의 투박한 바지를 토닥거렸다. 그러더니 마리오의 불룩한 부분을 어루만지며 볼멘소리로 말했다.

"멍청이, 난 끝났어."

코스메의 표현에 의하면 첫 골이 들어간 지 두 달 후에 결혼식이 치러졌다. 과부에게는 어머니로서의 본능적인 통찰력이 있어서, 신바람 난 대회 개막식 이후 밤낮을 가리지 않고 시합이 열리고 있다는 것을 알아챘기 때문이다. 마리오는 점점 핼쑥해졌지만 결코 감기 때문이 아니었다. 감기는 마법의 힘으로 완치된 듯했다. 한편 베아트리스는 날이 갈수록 활짝 피어나고 광채와 섬광과 후광을 내뿜고 초롱초롱 빛나고 천사처럼 천상을 노니는 듯했다. 우체부의 기록과 주변 사람들의 증언이 다 그렇게 말하고 있다. 어느 토요일 밤 마리오는 꿈같은 사랑이 깨져 버릴까 봐 겁을 내며 청혼을 하러 주점에 나타났다. 틀림없이 과부가 마구 총질을 해 대 자신의 나불거리는 혀와 머리통을 날려 버릴 것만 같았다. 그러나 과부는 철저한 실용주의자라서 발디비에소 샴페인을 터뜨려 세 개의 잔에 거품이 넘치도록 따르고는 얼굴 한 번 찌푸리지 않고 마리오의 청혼을 받아들였다. 하지만 두려워하던 총알 대신 "엎질러진 물이지."라는 말을 내뱉었다.

돌이킬 수 없는 일에 축복이 내려질 성당 문 앞에서 과부의 이 새로운 전술은 계속되었다. 오두방정의 일인자인 코스메가 네루다의 영국제 청색 양복을 보고 너스레를 떨었을 때였다.

"아주 우아해 보입니다."

네루다는 이탈리아제 실크 넥타이 매듭을 단정히 하면서 아주 태연하게 말했다.

"지금 리허설 중이거든요. 아옌데가 지금 막 나를 파리 대사로 임명했어요."

과부가 대머리부터 구두에 이르기까지 반짝반짝 빛나는 네루다를 훑어보면서 쏘아붙였다.

"참새가 방앗간에서 볼일 다 보았다는 거겠죠!"

네루다는 통로를 따라 제단으로 향하면서 마리오에게 자신의 직감을 털어놓았다.

"과부가 속담 포병대를 이끌고 메타포 전쟁에 임하기로 한 것 같아 정말 두렵군."

두 가지 이유로 인해 결혼 피로연은 짧게 끝났다. 유명 인사인 대부 네루다를 공항으로 모실 택시가 문 앞에 대기하고 있었고, 젊은 부부는 몇 달간의 지하공작 생활을 거친 뒤라 공식적으로 데뷔하려고 조바심을 냈기 때문이다. 그러나 마리오의 아버지가 수작을 부려 테무코 출신인 티토 페르난데스의 「재스민을 위한 왈츠」를 전축에 틀었다. 아버지는 음악이 흐르자 '마리오의 행복을 하늘에서 굽어보고 있을' 마누라를 떠올리며 굵은 눈물 한 방울을 흘렸다. 그러고는 과부를 무대로 끌어들였다. 과부는 '가난하지만 정직한' 이 남자의 팔에 안겨 뺑뺑이를 돌아야 했음에도 속담을 이용해 역사적인 어록을 남기는 일은 삼갔다.

마리오는 비틀스의 「우체부」에 맞추어 네루다를 다시 한번 춤추게 만들려고 노력했지만 헛수고였다. 시인은 이미 자신이 공직에 몸을 담았다고 생각하고 있었다. 그래서 아옌데 정부가 들어선 지 석 달 만에 벌써 참담한 실패라고 떠들어 대는 야당 일간지를 신나게 할 어떠한 실수도 저지르지 않으려 했다.

코스메는 부하 직원인 마리오에게 그다음 주에 휴가를 주었다. 또한 민중 정부의 정책 추진에 동력이 될 기층 민중을 조직하는 정치 집회에 참석하는 일도 면제해 주었다. "마음이 뽕밭에 가 있는데 어디 나라 생각이 나겠어."라며 그답지 않게 절묘한 메타포를 들어 말했다.

그 후 몇 달간 마리오가 베아트리스의 투박한 침대에서 체험한 장면들은 그때까지의 모든 쾌락이 현재 정식 상영 중인 총천연색 영화의 흐릿한 예고편에 불과했음을 실감하게 해 주었다. 소녀의 육체는 결코 지루함을 주는 법이 없었다. 모든 땀구멍과 주름과 솜털, 심지어 그곳의 곱슬곱슬한 모든 털까지도 새로운 운치를 주는 것 같았다.

이 열락의 늪에서 허우적댄 지 넉 달이 지났다. 어느 날 아침 과부는 용의주도하게도 딸이 마지막 열락의 신음을 토해 낼 때까지 기다렸다가 부부의 방으로 돌진했다. 그러고는 다 짜고짜 침대 시트를 흔들어 애욕에 찬 몸뚱이들을 바닥에 내동댕이쳤다. 그러면서 단지 한마디 말만 내뱉었다. 그러나 사타구니 사이에 덜렁거리는 것을 가리던 마리오에게는 섬뜩한 말이었다.

"자네가 내 딸과 결혼하는 것을 허락했을 때, 사위를 맞아들이는 줄 알았지 기둥서방일 줄은 몰랐네."

청년 마리오는 과부가 자손만대에까지 기억될 만큼 문을 쾅 닫으며 나가는 것을 보았다. 기분이 상해 베아트리스의 위로의 눈길을 찾았다. 그러나 험하게 인상 긁는 것을 목격했을 뿐이다.

그녀의 혈관에도 과부와 똑같은 피가 흐른다는 것을 처음으로 깨닫게 해 준 말투로 베아트리스가 쏘아붙였다.

"엄마 말이 맞아."

우체부는 포구가 떠나가라 소리쳤다.

"나더러 뭘 어쩌란 말이야. 제기랄, 선생님이 파리에 있으니 편지 배달할 사람도 없잖아."

다정다감한 새색시가 개처럼 짖어 댔다.

"일거리를 찾아."

"우리 아버지가 하던 타령이나 또 듣기 위해 결혼한 건 아니야."

문이 두 번째로 춤을 추었다. 그 충격으로 벽에 걸려 있던 비틀스 음반 재킷이 떨어졌다. 네루다가 선물한 것이었다. 마리오는 화가 머리끝까지 나서 자전거를 타고 산안토니오로 갔다. 동시 상영 극장에서 록 허드슨과 도리스 데이가 출연한 영화 한 편을 관람했다. 그리고 광장에서 여학생들 다리를 흘끔거리기도 하고 식당에서 맥주를 들이켜기도 하면서 시간을 죽였다. 동료애에라도 기댈까 하여 코스메를 찾아갔지만 그는 직원들에게 생산 투쟁에서 승리하는 방법에 대해 열변을 토하고 있었다. 마리오는 하품을 두어 번 하고는 포구로 돌아왔다. 하지만 주점에 들어가는 대신 아버지 집으로 향했다.

아버지가 식탁에 포도주 한 병을 내놓고 "얘기해 보렴." 하고 말했다. 두 사람은 포도주 한 잔을 얼른 털어 삼켰다. 아버지는 금방 처방을 내렸다.

"너, 일자리를 구해야겠구나."

마리오는 그런 영웅적인 행동을 할 의욕이 없었다. 그러나 산이 무함마드에게 다가왔다. 관광성에서 산티아고의 어느 섬유 공장 노동자들을 위한 휴가 계획을 세움으로써 민중 연합 정부의 존재를 코딱지만 한 포구에도 과시했던 것이다. 지질학자이자 지리학자이고, 나불대는 혀와 이글거리는 눈을 한 로드리게스라는 동무가 주점에 나타나서 과부에게 한 가지 제안을 했다.

"시대의 흐름에 순응하여 여름 동안 주점을 근처에 캠핑 올 스무 가구에게 점심과 저녁을 제공하는 식당으로 바꿀 용의가 있습니까?"

과부는 오 분 동안은 침묵을 지켰다. 하지만 로드리게스 동무가 새로운 일로 벌어들일 액수에 대해 이야기하자마자 고압적인 눈으로 사위를 바라보며 물었다.

"이보게, 주방을 맡을 용의가 있나?"

마리오는 그 순간 십 년은 늙어 버리는 듯했다. 그의 다정다감한 베아트리스가 앞에서 성녀 같은 미소로 재촉했다. 마리오는 마치 소크라테스가 마지못해 독약을 마시듯 포도주를 들이켜며 대답했다.

"네."

마리오가 끊임없이 연마하고 외던 시인의 메타포에 이제 몇 몇 식품이 첨가되었다. 네루다가 이미 송가를 통해 예찬한 것들이었다. 양파('동그란 물장미'), 알카초파('전사의 옷차림에 석류처럼 윤기가 흐르는 엉겅퀴'), 붕장어('백설 같은 살결의 거대한 장어'), 마늘('아름다운 상아'), 토마토('붉은 창자, 상쾌한 태양'), 식용유('메추리의 발판이며 마요네즈의 천상의 열쇠'), 감자('한밤의 밀가루'), 참치('깊은 바다 속의 탄알', '상복을 입은 화살'), 자두('조그만 황금색 호박 잔'), 사과('오로라에 물들어 활짝 피어오른 순수한 뺨'), 소금('바다의 수정, 파도의 망각'), 그리고 미니마스 그룹의 「해변의 소녀」와 함께 그 여름의 히트 상품이 될 아이스크림 '치리모야 알레그레'를 담을 오렌지 껍질 등등이었다.

얼마 후 젊은 인부 몇이 포구로 와서 주점에서 도로까지 전신주를 설치했다. 로드리게스 동무에 의하면 어부들 집에는 삼 주일 내에 전기가 들어올 것이었다. 로드리게스 동무가 콧수염 끝을 말면서 "아옌데는 약속을 지킵니다."라고 말했다. 그러나 마을의 진보는 몇 가지 문제점을 동반했다. 마리오가 칠레식 샐러드를 만들려고 네루다의 송가에 나온 무용수처럼 토마토에 칼질을 하던 어느 날이었다.(그 송가의 무용수는 "불행히도 우리는 그를 암살해야 합니다. 칼을 그의 싱싱한 과육에 꽂아야 합니다."라고 말한 바 있다.) 로드리게스 동무의 시선이 탁자에 포도주를 가져다주고 돌아서는 베아트리스의 엉덩이에 머물러 있는 것을 발견했다. 일 분 후 그 손님이 칠레식 샐러드를 주문했을 때 베아트리스가 배시시 미소를 띠려 했다. 바로 그때 마리오가 칼을 뽑아 들고 바 테이블을 뛰어넘어, 사무라이 영화에서 본 것처럼 두 손으로 칼을 머리 위로 치켜들더니 로드리게스 동무가 있는 탁자에 사납게 수직으로 내리꽂았다. 칼이 탁자를 4센티미터나 뚫고 들어가 계속 부르르 떨릴 정도였다. 기하학의 정교함과 지질학 측량에 익숙한 로드리게스 동무인지라 시인 주방장이 수치를 일종의 비유로 사용했으리라는 걸 믿어 의심치 않았다. 만약 이 칼이 사람 살에 그렇게 파고든다면 자신의 간으로 굴라쉬를 만들 수 있을 거라는 생각에 침울해졌다. 로드리게스 동무는 엄숙하게 계산서를 청구했고 이후 주점에는 코빼기도 보이지 않았다. 마리오는 늘 일석이조를 노리는 장모의 속담 시리즈에 나름대로 단련되어 있던 터라 베아트리스에게 잘 봐 두라는 듯한 몸짓을 보였다. 그 냉혹한 칼은 사건이 발발한 지 벌써 일 분이 지났는데도 고상한 라울리 나무 탁자에서 계속 진동하고 있었다.

"알았다고."

베아트리스가 말했다.

새로운 일로 생긴 수입 덕분에 과부는 새로운 손님을 끌어들일 미끼에 투자할 수 있었다. 첫 번째 투자로 텔레비전을 만

만치 않은 월부로 사들였다. 과부가 아직 단물을 빨아먹지 못한 이들을 텔레비전이 주점으로 끌어들였다. 캠핑 온 노동자들의 부인들이었다. 부인들은, 독한 적포도주를 적당히 곁들인 푸짐한 점심을 마친 남편들이 달콤한 낮잠을 자러 텐트로 가든 말든 상관하지 않았다. 멕시코 연속극 「오직 마리아뿐」을 뚫어져라 바라보며 박하 차를 비롯한 각종 차를 끝도 없이 마셔 댔다. 연속극이 끝날 때마다 저명한 문화 담당 공산당원이 화면에 나타나 문화적 제국주의와 '우리 민중'을 세뇌시키는 멜로드라마의 반동적 사상을 고발했다. 그러면 부인들은 텔레비전을 끄고 뜨개질을 시작하거나 도미노 게임을 벌였다.

마리오는 늘 과부가 구두쇠라고 생각했다. 그래서 "장모님 지갑에는 식인어 피라냐가 들어 있는 것 같아요."라고 말한 적도 있다. 그러나 사실 마리오도 일 년간 당근 껍질을 벗기고, 양파에 울고, 전갱이 껍질을 벗겨 낸 덕분에 꿈이 현실이 되리라고 기대하기 시작할 만큼 충분히 돈을 모았다. 비행기 표를 사서 파리에 있는 네루다를 방문하리라는 꿈이었다.

코스메가 마리오와 베아트리스의 결혼식을 집전한 신부를
방문하여 자신의 계획을 털어놓았다. 신부와 코스메는 광에
처박혀 있던 물건들을 뒤졌다. 아니발 레이나가 산안토니오에
서 예수의 수난을 연출했을 때 사용한 소도구들이었다. 아니
발 레이나는 보통 '주정뱅이 레이나'라고 불렸고, 그의 다재다
능한 사회주의자 아들이 그 별명을 이어받은 바 있다. 신부와
코스메는 끈으로 작동되는 날개 한 쌍을 찾아냈다. 거위, 오
리, 닭 등의 깃털로 엮은 것으로 마치 천사 날개처럼 펄럭거렸
다. 신부는 금은 세공사 같은 인내심으로 우체국 관리 등짝에
날개를 장착했다. 그리고 도박장에서 갱들이 사용하는 모양의
초록색 플라스틱 챙 모자를 씌워 주고, 똥배를 가로지르는 금
시곗줄을 브라소 표 약으로 광을 내주었다.

정오 무렵 코스메가 바닷가를 통해 주점 쪽으로 전진했다. 해수욕객들은 그를 보고 망연자실했다. 성인전(聖人傳) 사상 전대미문의 뚱뚱하고 폭삭 늙은 천사가 뜨거운 모래 위를 지나갔기 때문이다. 우파의 매점 매석으로 이미 물자가 모자라기 시작했기 때문에, 식단을 짜느라 고심 중이던 마리오와 과부와 베아트리스는 헛것을 본 줄만 알았다. 코스메가 멀리서 "파블로 네루다 씨가 마리오 히메네스에게 보낸 우편물이오!"라고 소리쳤다. 한 손으로는 깔끔한 편지 한 통을, 또 한 손으로는 끈들이 어수선하게 치렁거리는 소포 하나를 치켜들었다. 도장을 덕지덕지 찍은 칠레 여권만큼 지저분하지는 않지만 크리스마스트리보다 끈이 더 많았다. 그러자 마리오는 모래사장을 박차고 나가 두 물건을 낚아챘다. 그리고 우편물을 탁자 위에 놓고는 어찌할 바를 몰라서 기묘한 두 개의 상형 문자를 대하듯 물끄러미 쳐다만 보았다. 과부가 정신을 차리고 영국인 같은 말투로 코스메를 질책했다.

"순풍이 불던가요?"

"순풍은 불었는데 새들이 거치적거리더군요."

마리오는 머리를 싸매고 눈을 깜빡거리며 두 물건을 번갈아 보았다.

"무엇을 먼저 뜯어볼까요? 편지요, 소포요?"

과부가 판결을 내렸다.

"당연히 소포지. 편지는 말뿐이잖아."

"아니요, 장모님. 편지 먼저요."

과부가 소포를 집을 태세를 취하며 말했다.

"소포 먼저."

코스메가 날개를 펄럭거리며 설교하듯 손가락을 들어 과부 코앞에 들이댔다.

"장모 양반, 유물론자가 되지 마세요."

과부가 의자에 등을 기댔다.

"유식한 척하는 양반, 유물론자가 뭐요?"

코스메가 입에 거품을 물고 말했다.

"장미와 통닭 중에서 하나를 골라야 할 때 항상 통닭을 집는 사람이죠."

마리오가 헛기침을 하며 일어서서 말했다.

"신사 숙녀 여러분, 편지를 개봉하겠습니다."

마리오는 시인이 초록색 잉크로 자기 이름을 또렷이 쓴 봉투를 침실 벽의 수집품 목록에 포함시키기로 이미 작정하고 있었다. 그래서 편지를 개미 같은 인내심으로, 또 개미같이 가벼운 행보로 뜯어 나갔다. 그러고는 떨리는 손으로 편지지를 눈가에 들이대고, 아주 하찮은 부호 하나라도 빠뜨릴 새라 한 음절 한 음절 읽어 나가기 시작했다.

"친 - 애 - 하 - 는 발 - 바 - 리 마 - 리 - 오 히 - 메 - 네 - 스."

과부가 한 손으로 편지를 낚아채더니 숨도 쉬지 않고 무미 건조한 억양으로 단숨에 읽어 내려갔다.

친애하는 발바리 마리오 히메네스, 이슬라 네그라의 불꽃이며 불길인 그리운 베아트리스 곤살레스, 존경하는 곤살레스 부인, 이슬라 네그라의 돌고래이자 어머니의 따스한 배 속에 있는 유명한 수영 선수이며 장차 세상 빛을 본 후 바위 타기와 연 날리기의 제왕이 될 것이고 갈매기를 쫓는 데도 으뜸일 미래의 후계자 파블로 네프탈리 히메네스 곤살레스. 친애하는 모두들, 사랑하는 네 사람에게.

약속과는 달리 진작 소식을 전하지는 못했습니다. 하지만 드가의 발레리나가 그려진 엽서 한 장만 달랑 보내고 싶지는 않아서 그랬습니다. 마리오, 이 편지가 자네에게는 난생처음 받 는 것인 줄 알기 때문에 적어도 봉투에 넣어 보내야겠다고 생 각했어. 그렇지 않으면 별 가치 없을 테니. 이 편지를 자네가 직 접 배달할 걸 생각하니 웃음이 나는군. 내게 이슬라 네그라의 모든 일을 이야기해 주게. 지금 자네가 무슨 일을 하는지도. 내 우편물은 이제 파리로 오니 말이야. 시인이 없다고 우체국에서 쫓겨나지 않았길 바라네. 혹시 아엔데 대통령이 장관 자리를 준 것은 아닌가?

주프랑스 대사가 된 것은 뭔가 새로운 일이면서도 거북하다 네. 하지만 일종의 도전을 의미하지. 우리는 칠레에서 칠레식 혁명을 일으켰지. 감탄하는 이들도 많았고 커다란 논쟁거리도 되었지만 말일세. 칠레란 이름은 놀랄 만큼 위상이 높아졌다 네. 음!

"'음!'은 내 말이네."
과부가 말허리를 잘랐다가 다시금 편지에 집중했다.

나는 마틸데와 함께 커다란 방에 머물고 있다네. 말을 대동

한 전사에게나 어울릴 큰 방일세. 하지만 이슬라 네그라 집에서 보낸 푸른 날개의 날들이 너무도, 너무도 아득하게 느껴진다네.

여러분들을 그리며 안부를 전하는 이웃사촌이자 뚜쟁이, 파블로 네루다.

"소포를 열어 보자고."

과부가 흉측한 부엌칼로 매듭을 끊으면서 말했다. 마리오는 편지를 집어 들고 마지막 부분과 뒷면을 찬찬히 살펴보았다.

"이게 전부인가요?"

"이보게 사위, 뭘 더 바랐는데?"

"편지 끝에 쓰는 '추신'이란 것 있잖아요."

"아니, 추신 나부랭이 따위는 없었어."

"그렇게 편지 내용이 조금이라니 이상해요. 이렇게 멀리서 보면 편지가 더 길어 보이는데요."

베아트리스가 말했다.

"엄마가 아주 빨리 읽어서 그래."

끈과 소포를 결딴내려고 안달인 로사 부인이 말했다.

"빨리 읽든 늦게 읽든 뜻은 똑같아. 빠르기는 말의 의미와는 상관없다고."

하지만 베아트리스는 과부가 말하는 진리에 귀를 기울이지 않았다. 대신 끝없는 당혹감에 빠져 있는 듯한 마리오의 공허한 표정에 주목하였다.

"무슨 생각 해?"

"무언가 빠진 것을. 학교에서 편지 쓰는 법을 가르쳐 주었을 때 늘 그랬어. 추신은 끝에 오는 거고 편지에서 빠뜨린 말을 덧붙이는 것이라고. 나는 확신해. 선생님이 뭔가 잊어버리신 거야."

과부는 소포를 채우고 있는 수북한 밀짚을 헤집기 시작했다. 그러다가 마침내 산파가 정겹게 아기를 들어 올리듯 마이크가 달린 정품 일제 소니 녹음기를 치켜들었다. 과부가 엄숙하게 말했다.

"시인이 돈 좀 썼겠군."

녹음기를 감은 고무줄에 초록색 잉크로 쓴 쪽지가 대롱거렸다. 과부가 그걸 읽으려 하자 마리오가 냉큼 종이를 낚아챘다.

"아, 안 돼요! 장모님은 너무 빨리 읽으신다고요.

마리오는 쪽지를 몇 센티미터 앞에 고정시켰다. 마치 독서대 위에 쪽지를 놓은 듯했다. 그러고는 예의 한 자씩 읽는 방식으로 읽어 갔다. "친 - 애 - 하 - 는 마 - 리 - 오, 마 - 침 - 표, 가 - 운 - 데 단 - 추 - 를 눌 - 러 봐 - 라."

과부가 하품하는 척하며 말했다.

"내가 편지 읽는 것보다 자네가 쪽지 읽는 게 더 오래 걸리는군."

"장모님은 글을 읽는 게 아니라 삼켜 버리잖아요. 글이란 음미해야 하는 거예요. 입 안에서 스르르 녹게 해야죠."

마리오는 손가락으로 나선형을 그려 나가다가 이윽고 가운데 단추에 적중시켰다.

네루다의 음성이 일본의 기술을 통해 충실히 전달되었지

만, 마리오는 나중에야 일본 전자 공학의 발전상에 대해 깨달았다. 시인의 첫마디가 연금술사의 묘약처럼 그를 들뜨게 만들었기 때문이다. 그 첫마디는 바로 '추신'이었다. 마리오가 외쳤다.

"어떻게 멈추는 거지?"

베아트리스가 손가락으로 붉은 단추를 눌렀다. 마리오는 덩실덩실 춤을 추며 장모의 뺨에 입을 맞추었다.

"제 말이 맞잖아요. 추신, 추신! 추신 없는 편지는 없다고 했죠? 선생님은 저를 잊지 않으신 거예요. 저는 알고 있었죠. 제가 난생처음으로 받는 편지는 추신이 있어야 한다는 것을. 장모님, 이제 속이 시원합니다. 편지와 추신."

"좋아. 편지와 추신이 다 있군. 그래서 우는 겐가?"

"제가요?"

"그래."

"베아트리스, 그래?"

"울고 있어."

"하지만 슬프지도 않은데 어떻게 울 수 있다는 거야. 아픈 데도 전혀 없고."

"자네, 수녀가 되는 의식이라도 치르나. 얼굴 닦고 어서 단추나 눌러 보라고."

"좋아요, 하지만 맨 처음부터요."

마리오는 테이프를 되감고 지시받은 단추를 눌렀다. 작은 상자에 네루다가 다시 들어왔다. 말도 하고 휴대도 가능한 네루다가. 청년은 멀리 바다를 바라보았다. 몇 달 동안 공허하기만 하던 풍경이 꽉 찼음을 느꼈다. 이제 숨을 깊이 쉴 수 있을 것 같았고, '둘도 없는 벗이며 동지인 마리오 히메네스에게'라는 헌사가 네루다의 진심임을 느낄 수 있었다.

마리오가 '추신'이란 말을 다시 황홀하게 듣고 있는데 과부가 말했다.

"조용히 하게."

"저 아무 말도 안 했어요."

자네에게 글 말고 뭔가를 보내 주고 싶었어. 그래서 이 노래하는 조롱에 내 목소리를 담았지. 조롱이면서 새인 셈이지. 자네에게 주는 선물이야. 하지만 마리오, 나 역시 부탁이 있네. 자네만이 할 수 있는 거야. 다른 친구들은 다들 어찌할 바를 모르거나 내가 망령 든 우스꽝스러운 늙은이라고 생각할 테니. 이 녹음기를 가지고 이슬라 네그라를 거닐면서 마주치는 모든 소리를 녹음해 줘. 우리 집 유령이라도 필요해. 건강이 좋지 않다네. 바다가 아쉬워. 새들도 아쉽고. 우리 집 소리를 실어 보내 주게. 정원에 들어가서 종을 울리게. 먼저 바람에 울리는 작은 종들의 가냘픈 소리를 녹음하게. 그리고 다음엔 큰 종 줄을 대여섯 번 잡아당기라고. 종, 나의 종! 바닷가 종루에 걸려 있는 종만큼 낭랑하게 들리는 말은 없지. 그다음에는 바위 가로 가서 파도가 부서지는 소리를 담아 줘. 갈매기 소리가 들리면 녹음해 주고. 밤하늘의 침묵을 들을 수 있다면 그것까지도. 파리는 아름답지. 하지만 내겐 너무 큰 옷이라네. 게다가 여기는 겨울이라 밀가루를 흩날리는 풍차처럼 바람이 눈을 휘날리고 있어. 눈은 쌓이고 쌓여 내 몸으로 기어오르지. 나를 하얀 도포를 입은 서글픈 왕으로 만들어 버려. 벌써 입까지 차올라 입술을 덮어서 아무 말도 할 수 없네.

자네가 프랑스 음악에 관해 조금이나마 알 수 있도록 1938년 음반에서 한 곡 녹음해 보내네. 파리 카르티에라탱의 한 중고 음반점에 처박혀 있는 걸 발견했다네. 젊었을 때 그 노래를 얼마나 불렀는지. 늘 이 음반을 구하고 싶었는데 뜻을 못 이뤘었지. 「기다리겠어요」란 노래인데 리나 케티가 불렀어. 가사에 '밤낮으로 기다리겠어요, 돌아오시기를 항상 기다리겠어요.'라는 부분이 있다네.

착 가라앉은 클라리넷 소리가 전주를 신도하고 실로폰이 향수를 불러일으키듯 그 가락을 가볍게 반복했다. 그리고 리나 케티가 첫 구절을 기도하듯 시작했을 때 베이스와 드럼 밴드가 뒤를 받쳤다. 베이스 소리는 호젓했으며 밴드 소리는 속삭이는 듯했다. 마리오는 이번에는 알 수 있었다. 뺨이 다시금 젖었다는 것을. 그래서 노래를 듣자마자 푹 빠져 버렸으면서도, 파도 소리에 선율이 파묻힐 때까지 조용히 해변을 향해 걸음을 옮겼다.

마리오는 우표 수집광처럼 바다의 움직임을 집요하게 녹음했다.

과부가 있는 대로 화를 냈지만 마리오는 밀물과 썰물, 바람에 상큼하게 부서지는 파도만을 쫓았다.

소니 녹음기를 줄에 매달아 게가 집게를 비벼 대고 해초들이 달라붙어 있는 바위 틈새에 밀어 넣었다.

나일론 천 조각으로 녹음기를 감싸고 아버지 배를 이용해 부서지는 파도 속으로 들어갔다. 그리하여 3미터짜리 파도가 투우사의 단창처럼 해변에 내리꽂히기 직전의 스테레오 음향을 잡아냈다.

파도가 잔잔한 어느 날에는 갈매기가 수직으로 하강하여 정어리를 쪼는 소리와 팔딱거리는 정어리를 부리로 제어하며 물 위를 스치는 소리를 녹음하는 행운을 잡았다.

불평이나 일삼는 무정부주의적인 펠리컨 몇 마리가 해변을 따라 날개를 펄럭이며 나는 소리도 녹음할 수 있었다. 마치 다음 날 엄청난 정어리 떼가 해안으로 몰려올 것을 예측이라도 한 것 같았다. 어부들의 아이들은 백사장에서 모래성 쌓는 데 쓰던 장난감 물통을 바다에 담그기만 해도 물고기를 잡을 수 있었다. 그날 저녁 사람들은 투박한 석쇠 위에다 엄청난 정어리를 숯불로 구웠다. 고양이들은 보름달 아래서 관능적으로 몸을 부풀리며 나름대로 기회를 잡았다. 과부는 밤 10시경 대대 병력의 어부들이 사하라 사막 주둔군보다 더 갈증에 허덕거리며 몰려오는 것을 보았다.

마리오가 네루다를 위해 정말로 별들의 움직임을 녹음하려고 아등바등하고 있었기 때문에 과부는 그의 도움을 받을 수가 없었다. 과부는 어부들이 포도주 항아리를 비워 대기 시작한 지 세 시간 만에 그들 틈에 섞여 있던 마리오의 아버지에게 한마디 말을 내뱉었다. 이로써 사하라 사막 주둔군이라는 이미지가 완결되었다.

"당신들, 오늘 낙타 똥보다 더 바싹 말라 있군요."

해변의 야생 늘국화 꽃받침에 앉아, 쫑긋거리는 주둥이로 태양의 오르가슴을 만끽하는 날렵한 벌 떼 소리가 마법의 녹음기에 빨려 들어갔다. 태평양 밤하늘을 수놓는 칠레의 전통적인 신년 축제 때의 불꽃놀이처럼 쏟아져 내리는 별똥별을 보고 개들이 하릴없이 짖는 소리도 녹음했다. 네루다 집의 종들을 쳐서 녹음하기도 하고 바닷바람이 자아내는 변덕스러운 오케스트라 종소리도 녹음했다. 안개 낀 망망대해를 떠도는 유령선의 비애를 연상시키듯 커졌다 작아졌다 하는 등대 사이렌의 신음 소리도 녹음하였다. 베아트리스 배 속에서 나는 가녀린 심장 박동 소리를 귀 기울여 듣자마자 냉큼 녹음기를 들이대기도 했다. 그러나 마리오가 온갖 소리를 녹음하는 데 매달려 있는 동안, 로드리게스 동무가 미친놈처럼 가슴 털을 말아 대면서 역설하던 '사회적, 정치적 모순'이 풍족하지 못한 마을에 어려움을 야기하기 시작했다.

처음에는 카수엘라[20]의 주 재료인 소고기 공급이 끊겼다. 과부는 근처 밭에서 딴 채소로 카수엘라를 급조할 수밖에 없었다. 소 뼈다귀에 똬리를 튼 채소들이 살코기에 대한 향수를 불러일으켰다. 과부가 이런 전략적 처방을 내린 지 일주일 후 여름휴가를 온 손님들은 위원회에 문제를 제기했다. 시끌벅적한 회의가 열렸다. 사람들은 채소가 목욕한 그 물을 카수엘라라고 우기지 말아 달라고 요청했다. 물자 부족과 암시장 문제가 아옌데를 실각시키려는 반동적 음모라는 심증은 들지만 너무하다는 것이었다. 대변인은 최소한 그걸 뼈다귀 국으로 받아들일 수는 있지만 적어도 가격을 1에스쿠도는 내려야 한다는 점을 분명히 했다. 과부는 이 타당한 논리에 눈도 깜짝하지 않았다. 프롤레타리아가 아옌데를 선출한 열정에 대해 언급하면서 번뜩이는 재치로 "콩 심은 데 콩 나고 팥 심은 데 팥 난 거지." 하고 속담을 들먹거리며 물자 부족 문제에서 발을

---

20) 고기와 야채를 같이 넣어 끓인 탕 종류의 하나.

뺐다.

과부는 노선을 수정하기는커녕, 당시 무책임하게도 좌익 일각에서 신나게 떠들어 대던 '타협 없는 전진'이라는 라디오 구호에 메아리로 화답하는 듯했다. 그래서 계속 엽차를 홍차로, 계란 국을 닭 수프로, 뼈다귀 국을 카수엘라라고 내놓았다. 식용유, 설탕, 쌀, 세제, 게다가 주머니가 넉넉지 않은 관광객들이 야영하면서 밤마다 즐겨 마시던 그 유명한 엘키 피스코[21] 등등도 품귀 품목에 가세했다.

이 기름진 토양에 랍베 하원 의원이 삐걱거리는 트럭을 타고 나타나서는 자신의 말을 경청해 달라고 포구 주민들을 불러 모았다. 아르헨티나의 전설적인 미남 탱고 가수 가르델처럼 머리에 기름을 잔뜩 바르고 페론 장군 같은 미소를 지으며 정부를 비난했고 어부들의 아내들과 피서객 부인들 사이에서 어느 정도 호응을 얻었다. 랍베의 말인즉슨 이러하다. 정부는 무능력하고 생산을 마비시키고 세계 역사상 최악의 물자 부족을 야기했다. 세계 대전 중의 소련 빈민들도 영웅적인 칠레 국민처럼 이렇게 굶주리지 않았고, 영양실조에 걸린 칠레 어린이들에 비하면 에티오피아의 피골상접한 아이들까지도 건상한 귀족 자제다. 또한 마르크스주의의 야수 같은 발톱에서 칠레를 구할 방법은 한 가지뿐이다. 산티아고에서처럼 세상이 떠나갈 듯 냄비를 두들기며 시위를 벌여 '독재자'의(랍베는 아옌데 대통령을 이렇게 몰아붙였다.) 귀를 멀게 만들고, 역설적으

---

21) 포도로 만든 술.

로 국민의 불만에 귀를 기울이게 하여 하야시키는 것이다. 그러면 프레이[22]나 알레산드리가 재집권하든지, 아니면 여러분이 원하는 민주주의자를 뽑든지 해야 된다는 것이었다. 그럼으로써 이 나라에 자유와 민주주의, 소고기와 닭고기 그리고 컬러텔레비전이 보장될 것이라고 주장했다.

일부 부인네들의 박수를 이끌어 낸 이 연설에 로드리게스 동무가 찬양의 말을 한마디 던졌다.

"염병할!"

로드리게스 동무는 하원 의원의 연설이 들리자 뼈다귀 국을 마파람에 게 눈 감추듯 먹어 치우고 나왔던 것이다. 그는 달콤한 희롱을 던지는 것으로 그치지 않았다. 프롤레타리아다운 허파를 믿고 확성기도 마다한 채 '여성 동무들'이 와이셔츠를 입고 넥타이를 맨 이 악마들에게 농락당하지 않으려면 알아야 할 몇 가지 정보를 덧붙였다. 이 악마들이 생산을 사보타주하고, 식료품을 사재기해서 인위적인 식량난을 조장하고, 제국주의자들에게 매수되어 민중의 정부를 전복시키려고 획책하고 있다는 것이다. 부인네들이 그의 말에도 박수갈채를 보내자 로드리게스 동무는 바지를 기세 좋게 추어올리고 도전적으로 랍베를 노려보았다. 객관적 전력 분석에 탁월한 랍베가 짐짓 미소를 띠고 칠레 민주주의의 잔해를 예찬했다. 그런 잔해라도 있어서 이렇게 수준 높은 토론이 벌어졌다는 것이다.

---

22) 기독 민주당의 창건자로 1964~1970년에 대통령을 역임했다.

그 후에도 텔레비전에서 사회학자들이 떠들어 대는 변혁기의 모순을 포구 곳곳에서 느낄 수 있었다. 그 모순은 단순히 수사학이 아니라 실제로 가혹했다. 어부들은 사회주의 정부의 융자로 예전보다 좋은 장비를 갖추었을 뿐만 아니라 그룹 킬라파윤의 민중가요에도 고무되어 생산량을 증가시켰다. "니비야, 대구는 안 된다고 말하지 마, 나는 대구를 먹을 테니."라는 가사의 운율이 매력적인 노래였다. 정부 측 경제학자들과 홍보 담당자들이 육류 구매용 외화 부담을 덜기 위해서이 노래를 이용해 생선 소비를 권장했던 것이다. 냉동 트럭이 수산품을 가득 싣고 매일 수도로 출발했다. 그러나 10월의 어느 목요일 정오 그 생명 줄 같은 차량이 모습을 보이지 않았다. 봄날의 강한 햇볕 아래 생선은 싱싱함을 잃어 가기 시작했다. 가난하지만 목가적인 포구도 다른 지역이 겪고 있는 재앙과 무관할 수 없음을 어부들은 깨달았다. 그때까지만 해도 라디오나 과부의 텔레비전을 통해서만 접하던 재앙이었다. 그날 저녁 하원 의원 랍베가 운수 노조 조합원 자격으로 텔레비전 화면에 나타나 두 가지 목적을 달성하고자 무기한 파업을 시작했다고 발표했다. 첫째는 부품 구입을 위한 특별 요금을 책정해 달라는 요구였다. 둘째는 이미 신물이 나니까 대통령이 하야해 달라는 것이었다.

이틀 뒤 생선은 바다로 되돌려 보내졌다. 평상시 공기가 아주 맑던 항구에 악취가 진동을 하고 유례없이 많은 파리와 쥐가 들끓었기 때문이다. 온 국민이 파업 손실을 메우려고 자발적인 노동에 나섰지만 애국심만 불탔을 뿐 효과적이지는 못했다. 파업은 두 주 만에 끝났다. 하지만 칠레는 물자 부족이 심각해졌고 국민들은 분노하였다. 트럭은 돌아왔지만 노동자들의 꺼칠한 얼굴에는 미소가 다시 돌아오지 않았다.

마리오는 프랑스 역사책이나 잡지에서 당통, 로베스피에르, 드골, 장폴 벨몽도, 아즈나부르, 브리지트 바르도, 실비 바르탕, 아다모 등을 인정사정없이 가위질했다. 이 스크랩과 산안토니오의 유일한 여행사가 선물한, 비행기가 에펠 탑 끝에 걸쳐 있는 커다란 파리 시 포스터 덕분에 마리오의 방 벽면은 국제적인 냄새를 물씬 풍겼다. 그래도 몇몇 칠레 물건이 마리오의 열렬한 프랑스 숭배를 덜어 주었다. 랑킬 노동자 농민 조합의 작은 깃발, 광에 처박으려 했지만 베아트리스가 이를 악물고 지켜 낸 카르멘 성녀상, 칠레 대학 축구팀이 '푸른 발레'라고 칭송받던 시절 멋들어진 다이빙 헤딩을 하는 '탱크' 캄포스, 삼색 대통령 휘장을 비스듬히 두른 살바도르 아옌데 박사, 그리고 달력에서 뜯어낸 종이 한 장 등이었다. 그 달력 종이는 베아트리스와 처음으로 사랑을 나눈 밤을 정지시킨 것이었다. 그리고 첫날밤은 그때까지도 계속되고 있었다.

마리오는 몇 달간 공들인 작업 끝에 이 유쾌한 장식들에 둘러싸여, 녹음기의 섬세한 파장을 살펴가면서 다음과 같은 편지를 녹음했다. 보름 후 네루다가 파리의 집무실에서 들은 편지를 여기 그대로 옮긴다.

하나, 둘, 셋. 화살표가 움직이나? 그래 움직이는군. (헛기침) 그리운 선생님, 선물과 편지 아주 감사하게 받았습니다. 편지만 보내셨어도 저희 가족 모두 행복했을 텐데요. 어쨌든 소니 녹음기는 아주 훌륭하고 흥미로워요. 저는 시를 쓰는 대신 녹음기에 직접 시 구절을 녹음하려 한답니다. 현재까지는 건질 만한 시가 하나도 없지만요. 요새 이슬라 네그라가 물자난을 겪고 있어서 부탁하신 것이 늦어졌네요. 이곳에 지금 노동자 하계 캠프가 들어서서 제가 주점 주방에서 일하거든요. 일주일에 한 번씩은 자전거를 타고 산안토니오에 가서 피서객들에게 오는 편지 두어 통을 가져옵니다. 가족들 모두 잘 지내고 만족해하고 있어요. 그리고 조금 있다 아시게 되겠지만 깜짝 놀랄 소식이 있습니다. 벌써 궁금해 죽겠죠? 그렇다는 데 내기 걸죠. 그래도 테이프를 뒤로 돌리지 마시고 계속 들어 주세요. 몇 시에 희소식을 아시게 될지 모르니, 귀중한 시간을 많이 빼앗지는 않겠습니다. 꼭 한 가지 말씀드리고 싶은 건 어쩜 이리도 삶이 요지경일까 하는 것이에요. 선생님은 눈이 귀까지 차오른다고 투덜거리시는데 이 몸은 머리털 나고 눈 한 송이 본 적 없으니.

물론 영화에서는 봤지만요. 눈 속을 헤엄치면서 선생님과 함께 파리에 있었으면 좋겠어요. 그 속에서 풍차 안의 생쥐처럼 하얗게 눈을 뒤집어쓰면서요. 크리스마스인데도 여기는 눈이 오지 않으니 정말 이상하죠. 틀림없이 양키 제국주의 때문일 거예요. 아무튼 아름다운 편지와 선물에 대한 감사의 표시로 선생님을 위해 쓴 이 시를 바치겠습니다. 선생님의 송가에서 영감을 얻었는데 제목은 「파리의 네루다를 뒤덮는 백설 송가」입니다. 더 짧은 제목은 떠오르지 않았어요. (잠시 침묵 후 헛기침 소리)

은은하게 걷는 부드러운 동반자,
하늘의 풍요로운 우유,
티 하나 없는 우리 학교 앞치마,
호주머니에 사진 한 장 구겨 넣고
이 여관 저 여관을 헤매는
말 없는 여행자의 침대 시트.
하늘거리는 귀공녀들,
수천 마리 비둘기 날개,
미지의 이별을 머금은 손수건.
나의 창백한 미인이여,
파리의 네루다 님에게
푸근하게 내려다오.
네 하얀, 제독의 옷으로
그를 치장해 다오,
그러고는 우리 모두가

그를 사무쳐 그리는 이 항구까지

네 사뿐한 순양함에 태워 모셔와 다오.

(침묵) 좋아요. 여기까지는 시고요, 지금부터는 원하시던 소
리들입니다.

첫째, 이슬라 네그라 종루의 바람 소리. (바람 소리가 일 분
쯤 계속된다.)

둘째, 제가 이슬라 네그라 종루의 큰 종을 울리는 소리. (종
소리가 일곱 번 울린다.)

셋째, 이슬라 네그라 바윗가의 파도 소리. (아마도 폭풍우가
치던 날에 녹음한 듯, 바위에 거세게 부서지는 파도 소리를 편집
한 것이다.)

넷째, 갈매기 울음소리. (이 분간 기묘한 스테레오 음이 난다.
녹음한 사람이, 앉아 있는 갈매기들 쪽으로 살금살금 다가가서
새들을 놀래 날려 보낸 듯하다. 그래서 새 울음소리뿐만 아니라
절제미가 담긴 무수한 날갯짓 소리 역시 들을 수 있다. 사십오 초
지날 즈음에 마리오의 목소리가 들린다. "염병할, 울란 말이야."라
고 소리 지른다.)

다섯째, 벌집. (거의 삼 분간 윙윙거리는 위험천만한 주 음향
이 들리고 배경음으로는 개 짖는 소리와 무슨 종류인지 모를 새
들의 지저귀는 소리가 녹음되었다.)

여섯째, 파도가 물러가는 소리. (녹음의 절정의 순간으로, 큰
파도가 요란하게 모래를 쓸어 가다가 새로운 파도와 뒤섞일 때까
지의 소리를 마이크가 매우 가깝게 쫓은 듯하다. 마리오가 내리

쏟아지는 파도 옆을 달리다가 바다로 뛰어들어 파도끼리 절묘하게 섞이는 것을 녹음했을 수도 있다.)

그리고 일곱째, (분명히 긴박함이 깃든 격앙된 음성이었고, 침묵이 뒤를 잇는다.) 파블로 네프탈리 히메네스 곤살레스 군.[23] (갓 태어난 아기가 쩌렁쩌렁 우는 소리가 십 분쯤 지속된다.)

---

23) 파블로 네루다는 체코의 시인 얀 네루다의 이름을 딴 필명이고, 본명은 네프탈리 리카르도 레예스 바소알토이다. 따라서 파블로 네프탈리는 네루다의 본명과 필명에서 하나씩 따온 이름이다.

파블로 네프탈리의 게걸스러운 먹성이 계몽의 도시 파리로 진군하려는 데 쓰려던 마리오의 저축을 탕진했다. 아이는 모유를 바닥내는 것으로도 모자라 큼직한 카카오 우유병을 즐겨 먹어 치웠다. 비록 국립 보건소에서 할인 가격으로 사들이기는 했지만 그 우유병들은 어떤 돈주머니라도 작살낼 지경이었다. 태어난 지 일 년 후 파블로 네프탈리는 대부 네루다의 예언처럼 갈매기를 놀라게 하는 데만 선수가 아니었다. 사고 치는 데도 신기할 만큼 일가견을 자랑했다. 고양이처럼 사뿐히 암초 위로 곧잘 기어올랐지만, 고양이 흉내는 여기까지였을 뿐 곧이어 바다에 머리를 처박고는 했다. 그래서 성게 밭에 엉덩이를 찔리기도 하고, 게에게 손가락을 물리고, 불가사리에게 코를 긁히고, 짠물을 하도 많이 들이켜서 석 달 사이에 세 번이나 죽는 줄만 알았다. 비록 마리오는 공상적 사회주의의 동조자였지만, 달랑달랑해진 미래의 프랑스 프랑으로 소아과 의사 돈주머니를 향해 숯을 쏘는 데 신물이 났다. 그래서 나무 우리를 짜서 사랑하는 아들을 그 안에 던져 버렸다. 그래야만 낮잠 자다가 장례 치르는 일을 피할 수 있을 거라는 확신이 들었던 것이다.

어린 파블로 네프탈리에게 젖니가 처음 났을 때, 우리 기둥에는 그 젖니로 톱질을 시도한 자국이 생겼다. 톱밥을 뒤집어쓴 잇몸은 주점에, 그리고 마리오의 간당간당한 호주머니에 새로운 인물을 끌어들였으니 바로 치과 의사였다.

그리하여 어느 날 정오 국영 방송국이 스톡홀름에서 노벨 문학상 수상에 감사하는 네루다의 모습을 저녁에 방영한다고 예고했을 때, 마리오는 온 동네가 두고두고 기억할 뜨르르한 잔치를 벌이기 위해 돈을 빌려야 했다.

코스메는 산안토니오에서 토막토막 자른 새끼 산양 한 마리를 가져왔다. 사회주의자인 어느 푸줏간 주인이 "암시장 가격이 아니라 회색시장 가격이야."라고 밝히며 싸게 준 것이다. 코스메는 또한 건장한 부두 노동자 도밍고 구스만을 데려오는 데도 한몫 단단히 했다. 구스만은 밤마다 '수레바퀴'에서 야마하 드럼(또 일본인들이 만든 물건이다.)을 두들기면서 요통을 잊어버리던 이였다. 사람들은 그가 연주하는 주옥같은 쿰비아[24] 레퍼토리에 맞춰 색기와 광란을 발산하며 밤새 엉덩이를 흥겹

------

24) 콜롬비아의 국민적인 춤.

게 돌려 댔다. 그러나 베네수엘라의 가수 루이신 란다에스가 칠레에 도입한 쿰비아는 사실 사이비였다.

포드40의 앞 좌석에는 코스메와 구스만이 탔고, 뒷좌석은 야마하 드럼과 새끼 산양이 차지했다. 그들은 사회주의 휘장과 작은 플라스틱 칠레 국기를 달고 일찌감치 도착해 과부에게 새끼 산양을 건네주었다. 과부는 시인 네루다에게는 경의를 표하지만 공산주의자들이 정부에서 물러날 때까지 산티아고 프로비덴시아 구의 귀부인들처럼 냄비를 두드릴 것이라고 엄숙히 선언했다. "공산주의자들은 통치자로서보다 시인으로서가 낫군요."라고 과부가 결론지었다.

베아트리스는 샐러드를 준비했다. 새로 온 피서객 부인들이 도와주었다. 이번 부인네들은 민중 정부에 대해 터럭만큼이라도 트집을 잡는 사람이 있으면 가뿐히 박살 낼 골수 아옌데 지지자들이었다. 샐러드를 만드는 데는 인근 농부들이 아낌없이 협찬해 주었다. 덕분에 부엌에다 욕조까지 끌어다 놓고 상추, 우람한 샐러리, 통통 튀는 토마토, 근대, 홍당무, 붉은 무, 품질 좋은 감자, 약방에 감초 격인 고수풀, 박하 등을 버무렸다. 마요네즈를 만드는 데만도 열네 개의 계란이 들어갔다. 파블로 네프탈리에게도 까다로운 사명을 부여했다. 카스티야 암탉을 감시하다 알을 낳는 순간 「우리 승리하리라」[25]를 흥얼거리라는 사명이었다. 그 암탉이 매일 낳는 알까지 마요네즈에 넣기 위해서였다. 그날 오후 생리 중인 암탉이 없어서 마요네

---

25) 1970년 대통령 선거 때 민중 연합의 상징이었던 노래.

즈는 점점 진해져 갔다.

마리오는 어부들의 집을 빠짐없이 찾아가 모두 잔치에 초대했다. 기쁨에 넘쳐 자전거 경적을 요란스럽게 울려 대면서 포구와 캠프촌을 한 바퀴 돌았다. 폴 매카트니처럼 이미 머리가 덥수룩하던 조그만 파블로 네프탈리를 베아트리스가 자궁에서 밀어냈을 때처럼 마리오는 좋아서 어쩔 줄 몰랐다. 로드리게스 동무는 피서객들에게, 비록 문학 부문일지언정 노벨상은 칠레의 영광이고 아옌데 대통령의 승리라고 열변을 토했다. 그러나 이 말이 미처 끝나기도 전에 누군가가 그의 팔꿈치를 와락 잡고 수양버들 아래로 데려갔다. 온몸이 떨리고 머리끝이 곤두설 만큼 화가 치민 젊은 아기 아빠 마리오였다. 그늘진 나무 밑에서 마리오는 조지 래프트의 영화에서 배운 대로 감정을 절제하면서 로드리게스 동무의 팔꿈치를 놓았다. 그러고는 바싹 마른 입술을 분노로 적시며 착 가라앉은 태도로 말했다.

"로드리게스 동무, 어느 날 점심 식사를 하고 있을 때 공교롭게도 당신 상 위에 떨어뜨린 그 부엌칼을 기억하십니까?"

그 정력적인 활동가는 배를 슬며시 만지며 대답했다.

"잊시 않았네."

마리오는 고개를 끄덕이고 고양이에게 휘파람이라도 불 것처럼 입술을 오므리더니 손톱 깨진 엄지손가락으로 휙 훔치면서 말했다.

"그 칼이 아직 있습니다."

구스만과 함께 훌리안 데 로스 레예스가 기타를, 소년 페드로 알라르콘이 마라카[26]를, 과부가 노래를, 로드리게스 동무가 트럼펫을 맡았다. 로드리게스 동무는 자물쇠 격으로 입에 무엇인가를 물고 있기를 택했던 것이다. 그들은 주점 홀에서 연습을 했다. 덕분에 사람들은 저녁에 「돛단배」, 「불신」, 불후의 지그[27] 곡인 「상어, 상어」, 「마콘도의 쿰비아」, 「악단이 취해 버렸다네」, 「나비야, 대구는 안 된다고 말하지 마」 등에 맞추어 춤을 출 것이라는 것을 미리 알게 되었다. 「돛단배」를 넣기로 했을 때 안과 의사 라도미로 스포토르노가 "당연히 그래야지."라고 말했다. 그는 파블로 네프탈리의 눈을 치료하러 특별히 이슬라 네그라에 와 있었다. 카스티야 암탉이 알을 낳으면 즉시 알리려고 파블로 네프탈리가 암탉 뒤꽁무니를 뚫어지게 쳐다보고 있다가 절묘하게 눈을 쪼였던 것이다. 「불신」은 칼루가스 음악을 더 편하게 생각하는 과부의 압력으로 집어넣었다. 「나비야, 대구는 안 된다고 말하지 마」는 로드리게스 동무가 시도 때도 없이 투쟁을 주장해서 선곡된 것이 아니라 마리오가 재미 삼아 집어넣은 것이었다.

마리오는 칠레 국기, 헌사가 쓰인 면을 펼친 로사다 판 고급 시집들, 여기서 자세히 밝힐 수는 없지만 고상하지 못한 방법으로 손에 넣은 네루다의 초록색 볼펜, 이슬라 네그라의 소리 히트 퍼레이드를 전주곡처럼 틀고 있는 소니 녹음기를 텔레비전 옆에 진열했다. 마리오가 네루다의 연설이 끝날 때까

---

26) 곡식 낟알을 속에 넣고 흔드는 악기.
27) 8분의 3박자 또는 8분의 6박자의 빠른 춤곡.

지는 올리브 한 개, 포도주 한 방울도 입에 대지 못하게 했기 때문에 그 소리가 전채 요리 대신이었다.

바다가 주점으로 감미로운 미풍을 실어 보내던 저녁 8시경 국영 방송이 파블로 네루다의 노벨 문학상 수상 소감 발표를 위성 중계했다. 소란, 시장기, 들뜸, 음악 연습 소리 등이 신통하게도 일순간에 멈추었다. 일 초, 단 일 초에 불과한데도 영원하게만 느껴지던 바로 그 순간 마리오는 정적이 입을 맞추며 온 마을을 감싸 안는 것만 같았다. 그리고 네루다가 텔레비전의 흐릿한 영상을 통해 연설할 때, 그가 하는 말은 마구간의 요람을 찾아 시인의 집으로 질주하는 천마 같았다.

연설을 들으러 온 사람들이 인형극을 보는 아이들처럼 어찌나 뚫어지게 화면을 쳐다보았는지 마치 네루다를 진짜 주점으로 불러들인 듯했다. 다만 시인은 주점에 가끔 올 때마다, 그리고 베아트리스의 아름다움에 처음으로 넋을 잃었을 때 그랬던 것처럼 폰초를 걸치고 있지는 않았다. 대신 연미복을 입고 있었다. 만일 네루다가 자신을 보고 있는 이슬라 네그라의 주민들을 보았다면, 조금만 얼굴을 움직여도 연설의 일부를 놓칠까 봐 눈썹을 고정하고 있다는 것을 알았을 것이다. 언젠가 기술이 아주 발전해서 전자 인간을 실제 인간과 융합시킬 수 있다면 이슬라 네그라의 단출한 주민들은 자신들이 그 현상의 선구자라고 주장할 수 있을 것이다. 주민들은 거드름 피우지 않고 그렇게 말할 것이다. 그들이 시인의 연설을 빨아들였을 때와 똑같은 가없는 부드러움으로.

정확히 백 년 전, 가련하지만 찬란한 시인, 처절하게 절망하던 한 시인이 이런 예언을 썼습니다. "여명이 밝아 올 때 불타는 인내로 무장하고 찬란한 도시로 입성하리라."

저는 예지자 랭보의 이 예언을 믿습니다. 저는 지리적으로 철저히 격리된 나라의 알려지지 않은 한 지방 출신입니다. 가장 버림받은 시인이었고, 저의 시는 지방적이고 고통스럽고 비를 머금고 있었습니다. 하지만 항상 인간에 대한 신뢰를 버리지 않았습니다. 결코 희망을 잃지도 않았습니다. 그래서 여기에 도달했습니다. 시와 깃발을 가지고 말입니다.

결론적으로, 미래는 랭보의 말대로라는 것을 노동자, 시인, 그리고 선한 의지를 가진 사람들에게 말씀드려야겠습니다. 불타는 인내를 지녀야만 빛과 정의와 존엄성이 충만한 찬란한 도시를 정복할 것입니다.

이처럼 시는 헛되이 노래하지 않았습니다.

네루다의 연설이 텔레비전 주위에 자리한 청중의 자발적인 박수를 이끌어 냈다. 마리오는 눈물이 샘솟았다. 그래서 기립 박수가 터진 지 삼십 초 후에야 콧잔등의 눈물을 삼키고 광대뼈를 훔치고는 맨 앞줄에서 돌아서서 미소 지었다. 그리고 상원 의원 입후보자처럼 손을 들어 흔들면서 네루다를 향한 열렬한 환호에 감사했다. 시인의 모습은 화면에서 사라졌다. 대신 뉴스를 알리는 여성 아나운서가 나타났다. 코스메는 아나운서가 "다시 말씀드리겠습니다."라고 말할 때에야 뉴스소리를 들을 수 있었다. 아나운서는 "발파라이소[28] 지방에서 파쇼 집단이 폭탄을 터뜨려 고압 송전탑을 파괴했습니다. 노동 연맹 중앙 위원회는 전국의 모든 노조원에게 경계 태세를 갖추기를 당부하는 바입니다."라고 알렸다. 그리고 이십 초 후 바 테이블에 있던 코스메는 납치를 당했다. 범인은 피서를 온 중년의 여인이었다. 다음 날 날이 밝을 무렵에야 모래 언덕에서 돌아온 코스메의 말에 따르면 중년이지만 삼삼한 여인이었다고 한다. 코스메는 쏟아지는 별똥별을 보러 그녀를 따라갔다고 말했다. 과부가 "쏟아지는 정충 때문에 갔겠지."라며 입바른 소리를 했다.

잔치는 정말로 끝장을 보았다. 사람들은 세 번이나 「눈앞의 상어」에 맞추어 춤을 추면서 모두들 "아, 아, 아, 상어가 너를 삼키네."라고 합창했다. 코스메만 뉴스를 듣고 잠시 맥이 빠져 걱정을 했다. 그러나 그 중년의 피서객 여인이 그의 왼쪽 귓불을 잘근잘근 씹으며 "장담하는데 쿰비아가 끝나면 「돛단배」가 나올 거예요."라고 말을 건넬 때까지만이었다.

아홉 번이나 「돛단배」 연주를 들으며 즐기는 동안 피서객들은 그 곡에 무척 친근감을 느끼게 되었다. 그래서 불장난을 주제로 한 블루스 곡임에도 불구하고 목청이 터져라 노래를 불러 대고 사이사이 진한 입맞춤을 나눴다.

구스만은 어린 시절 듣던 향수 어린 노래 메들리로 흥을 돋우었다. 「계피 색 피부」, 「아! 엄마, 황홀해요」, 「아델라가 말했죠」, 「아빠는 맘보를 좋아해」, 「연인들의 차차차」, 「나는 가가

---

28) 산티아고에서 한 시간 반 거리의 도시로 칠레 최대의 항구다.

린을 믿을 수 없네」,「마르시아니타」,「절망적 사랑」 등이었다. 마지막 곡은 과부가 불렀는데 원래 이 노래를 부른 가수 야코 몽티의 강렬함을 그대로 살려 냈다.

밤은 길고도 길었지만 그 누구도 포도주가 모자란다고 투덜거릴 수 없었다. 포도주를 반쯤 비운 테이블만 보면 마리오는 "광에 자주 가기 싫어서."라고 말하면서 즉시 항아리를 안겨 주었다. 어느 순간이 지나자 절반가량의 사람들이 모래 언덕 사이를 숨어 다니고 있었다. 과부의 대차 대조표에 따르면 짝을 지어 나간 쌍들이 백 퍼센트 성당이나 예식장에서 맺어진 그대로는 아니었다. 마리오는 초청객들 중 그 누구도 이름, 주소, 선거인 명부 등록 번호 그리고 심지어 배우자 행방을 기억할 수 없을 거라는 확신이 들자 그제서야 잔치가 성공이라고 생각했다. 이제는 자리를 떠도 질탕한 분위기를 깨지 않을 것 같았다. 마리오는 투우사의 몸짓으로 베아트리스의 앞치마를 벗겨 냈다. 그리고 허리를 부드럽게 안고 자신의 무기를 엉덩이에 문질렀다. 유려하게 터져 나오는 신음 소리와 사타구니를 촉촉이 적시는 화끈한 샘물로 보아 베아트리스는 열락을 오가고 있었다. 마리오는 혀로는 귓불을 적시고 두 손으로는 엉덩이를 받쳐 들었다. 그러고는 치마도 벗기지 않고 부엌안에서 선 채로 돌격을 감행했다.

"자기, 누가 보면 어떡해."

헐떡거리며 말은 그렇게 했지만, 베아트리스는 오히려 마리오가 깊은 계곡까지 진군해 올 수 있도록 자세를 취해 주었다.

마리오가 엉덩이를 철퍼덕거리고 유방에 타액을 묻히며 지껄였다.

"여기 녹음기가 없는 게·유감이군. 선생님에게 경의를 표하는 이 의식을 녹음해 둬야 하는데."

그 말을 한 직후 마리오는 오르가슴에 도달했음을 만천하에 알렸다. 그 소리는 천둥이 치는 듯하고 부글부글 끓어오르는 듯하고 황당무계하고 호방하고 야성적이디 못해 묵시록적이었다. 그로 인해 닭들이 날이 밝은 줄 알고 벼슬을 세워 울기 시작했다. 마리오의 오묘한 소리를 남행 열차의 기적 소리와 혼동한 개들은 알 수 없는 협약이라도 맺은 듯 일제히 달을 향해 짖어 댔다. 가르델의 탱고에서처럼 걸쭉한 타액으로 공산당 여대생의 귀를 적시는 데 몰두해 있던 로드리게스 동무는 목구멍에 무덤이 들어서서 숨통을 막는 듯한 느낌을 받았다. 과부는 마이크를 움켜쥐고 오페라 대사를 읊듯 한 번 더 「돛단배」를 부르면서 마리오의 호산나를 감추려 했다. 또한 팔을 풍차 돌리듯 휘저으며 구스만과 알라르콘에게 드럼을 요란하게 두들기고, 마라카를 흔들고, 트럼펫과 트루트루카[29]를 불든지 하다못해 휘파람이라도 불어 달라고 재촉했다. 하지만 거장 구스만은 눈짓으로 알라르콘을 제지하며 말했다.

"가만히 있으시게. 자기 딸 차례라 저 난리굿이니."

맨정신인 사람, 술이 오른 사람, 인사불성인 사람 모두 강력한 자석에 빨려 들기라도 한 듯 부엌 쪽에 귀를 기울였다. 알라르콘과 구스만은 땀에 젖은 손바닥을 러닝셔츠에 훔치는 척

---

29) 부는 악기의 일종.

하면서 격랑의 배경 음악을 모의했다. 그리고 구스만의 예언이 떨어진 지 정확히 십이 초 후 베아트리스의 오르가슴 소리가 터져 나와 밤하늘에 구성지게 울려 퍼졌다. 그 선율은 모래 언덕의 모든 커플에게 영감을 주었다. 피서객 여인네는 코스메에게 "나도 저렇게 좀, 잉." 하고 요청했다. 또한 그 선율로 인해 과부의 귓불은 눈이 부시도록 새빨개졌고, 탑에 올라 잠 못 이루는 밤을 보내던 교구 사제도 영감을 얻어 "하늘에 영광, 주가 임하옵시고, 말로 찬미하라, 분노의 날, 축복의, 주여 자비를 베푸소서, 천사 같은."이라고 되는대로 지껄였다.

최후의 자지러지는 소리가 끝을 맺자 온 밤이 질퍽해졌고 무언가 심상치 않은 적막이 이어졌다. 과부는 쓸모없는 마이크를 무대에 내팽개쳐 버렸다. 처음에는 모래 언덕과 바닷가 바위에서 어정쩡한 박수 소리가 들렸다. 곧이어 주점에 있던 사람들의 열광적인 박수가 터지고 피서객들과 어부들의 뜨거운 박수가 합쳐져 우레와 같은 소리를 냈다. 약방의 감초 격인 로드리게스 동무는 애국심을 발휘하여 "우라질! 칠레 만세!"라고 양념을 쳤다. 과부는 이 모든 배경음 속에서 부엌으로 갔다. 딸과 사위가 어둠 속에서 열락의 늪에 빠져 눈빛마저 부르르 떨고 있는 것이 보였다. 과부는 엄지손가락으로 어깨 뒤편을 가리키며 이렇게 내뱉었다.

"한 쌍의 원앙새를 위한 박수갈채야."

베아트리스는 얼굴이 갑자기 후끈 달아오르는 것을 느끼며 행복의 눈물이 철철 흐르던 얼굴을 감쌌다.

"그러게 내가 뭐랬어!"

마리오는 바지를 추어올리고 허리띠를 질끈 졸라맸다.

"장모님, 창피해하실 것 없어요. 오늘 밤 우리는 축하를 하는 중이잖아요."

과부가 포효했다.

"뭘 축하한다는 말인가?"

"선생님이 노벨상을 받은 건요. 우리가 상을 탔잖아요!"

"우리라고?"

과부는 불끈 쥔 주먹을 오지랖 주둥아리에 날려 버리든지 실팍하기는 하지만 무절제하기 이를 데 없는 불알을 발로 짓이겨 버리든지 할 참이었다. 하지만 마침 영감이 번뜩였고 속담을 사용하는 편이 보다 품위 있겠다는 생각이 들었다.

"원님 덕에 나발 부는군!"

과부가 말을 끝내고는 문을 요란하게 닫았다.

지오르지오 솔리마노 박사의 진료 기록에 따르면 파블로 네프탈리는 1973년 8월까지 다음과 같은 병을 앓았다.

풍진, 홍역, 수두, 기관지염, 위염, 편도선염, 인후염, 결장염, 발목 접질림, 코뼈 탈골, 경골 타박상, 두개골 창상, 오른팔 2도 화상,(영계백숙 냄비에서 카스티야 암탉을 구출하려 입은 화상이었다.) 왼쪽 새끼발가락 염증(엄청나게 큰 성게를 밟아서 생겼다. 복수심에 불탄 마리오는 성게를 찢어 버린 뒤 발가락에서 뽑아냈다. 페브레 소스, 레몬, 후추를 약간 곁들이는 것만으로 온 식구 저녁 식사로 충분할 만큼 컸다.)

파블로 네프탈리가 신체 어딘가를 자해할 때마다 산안토니오 병원 응급실로 달음박질을 해야 했기 때문에, 마리오는 항구로 신속하고 안전하게 가기 위해 스쿠터를 한 대 샀다. 이미 이루지 못할 소망이 된 파리행 비행기 표 잔해를 털어 마련한 것이다. 스쿠터는 가족에게 또 다른 도움을 주었다. 트럭 및 택시 기사들과 잡화점 주인들의 파업이 점점 잦아지는 바람에 밀가루가 없어 주점에 빵이 떨어지는 날이 생겼기 때문이다. 스쿠터를 탐색 동료로 삼은 마리오는 과부가 요리에 넣을 만한 것을 살 장소들을 물색하느라 주방에서 차차 해방되었다.

"돈도 있고 자유도 있지. 하지만 살 게 없잖아."

과부는 텔레비전 앞에 모인 피서객들의 홍차 모임에서 이렇게 말하곤 했다.

어느 날 저녁 마리오는 프랑스어 문법책 『안녕, 파리』의 제2과를 다시 보고 있었다. 리나 케티의 노래가 의욕을 부추겼다. 게다가 '아르(r)'를 발음할 때 나는 마리오의 목청 떨림 소리가 샹젤리제의 프랑스인이 되는 지름길이라고 베아트리스가 격려해 준 탓에 더욱 용기가 솟았다. 그러나 그윽하게 울려 퍼지는, 더없이 친숙한 종소리가 그를 '에트르(être)' 불규칙 동사로부터 영원히 격리시켰나. 베아트리스는 마리오가 멍하니 일어나 창문을 열고 두 번째 종소리에 귀를 기울이는 것을 보았다. 이웃 사람들까지 집에서 끌어낼 정도로 큰 소리가 울려 퍼졌다.

마리오는 몽유병자처럼 어깨에 가죽 가방을 둘러메고 밖으로 나가려 했다. 그때 베아트리스가 그의 목을 낚아채더니 과부 가문의 냄새가 물씬 풍기는 말을 던지며 그를 제지했다.

"이 마을은 일 년에 스캔들을 두 번 일으키는 걸 용납하지 않아."

마리오는 거울 앞까지 끌려갔다. 그리고 몸에 걸친 것이라 곤 고작 한쪽 엉덩짝만 가린 우체부 가방뿐임을 보자 거울 속 의 자신에게 프랑스어로 내뱉었다.

"너 환장했군!"

마리오는 새벽에 달이 사라질 때까지 밤새 달의 움직임을 지켜보고 있었다. 시인과 나눌 이야기가 너무도 많았기에 그 의 소리 소문 없는 귀환이 당황스러웠던 것이다. 물론 예의 상 먼저 파리의 대사관과 귀국 동기와 인기 여배우와 파리에 서 유행하는 옷(어쩌면 베아트리스에게 선물로 한 벌 가져왔을지 도 모르리라.) 등에 대해 물어볼 작정이었다. 그러고는 본론으 로 들어가 자신의 시 전집에 대해서 논하려 했다. 정선된 시 들뿐이라는 것을 강조할 작정이었다. 하원 의원 랍베가 준 앨 범에 말끔한 필체로 이미 시를 가득 채워 놓았고, 산안토니오 시청에서 주최하는 시 공모전 공고도 오려서 끼워 두었다. 일 등상에는 꽃과 상금 5만 에스쿠도 그리고 문화 잡지 《킨타 루 에다》[30]에 수상작 게재라는 부상이 걸려 있었다. 시인의 임무 는 앨범을 찬찬히 살펴보고 시 한 수를 선정해 주는 것이고, 크게 폐가 되지 않는다면 마지막 손질을 해서 품격을 더해 주 는 것이 될 예정이다.

---

30) 민중 연합 시기에 국영 출판사 키만투가 발행하던 잡지.

빵집도 문을 열지 않았고, 우유 장수의 당나귀 방울 소리도 들리지 않았고, 닭도 울지 않았고, 하나뿐인 가로등 불도 아직 켜져 있었다. 하지만 마리오는 이미 네루다의 집 앞을 지키고 있었다. 뱃사람들이 입는 두툼한 털 스웨터에 파묻힌 채 집 안에서 인기척이 나기를 학수고대하며 창문에 시선을 고정시켰다. 삼십 분마다 신생님의 여행이 고되었겠지, 선생님이 칠로에 이불 속에서 뒹굴고 있겠지, 마틸데 부인이 아침을 침대로 가져다주었겠지 하고 중얼거렸다. 발가락이 시리다 못해 아팠다. 그러나 시인의 두툼한 눈꺼풀이 창가에 나타나 수많은 날 동안 꿈에 그리던, 보일 듯 말 듯한 그 미소를 선사하리라는 희망을 잃지 않았다.

오전 10시쯤 희뿌연 태양 아래 마틸데 부인이 그물 바구니를 들고 문을 열었다. 마리오는 가방을 경쾌하게 두들기면서 그동안 쌓인 우편물 양을 과장스럽게 허공에 그리며 달려가 인사했다. 부인은 손을 따스하게 잡아 주었다. 하지만 부인이 정겨운 두 눈을 깜박거리자마자 알아챌 수 있었다. 그녀의 상냥함 뒤에 슬픔이 배어 있다는 것을.

"그이가 병이 들었어."

부인은 그물 바구니를 열고 우편물을 쏟아부으라고 손짓했다. 마리오는 '제가 침실로 직접 가져다 드리면 안 되나요?'라고 묻고 싶었지만, 부인의 잔잔한 슬픔에 압도되어 순순히 따랐다. 그리고 빈 가방에 눈을 내리깔고, 무슨 대답을 할지 능히 짐작하면서도 속절없이 물었다.

"많이 편찮으신가요?"

마틸데 부인이 고개를 끄덕거렸다. 마리오는 부인과 함께 빵집으로 발걸음을 옮겨 빵 1킬로그램을 샀다. 삼십 분 후 앨범 책갈피 여기저기에 빵 부스러기를 흘리던 마리오는 「파블로 네프탈리 히메네스 곤살레스의 연필 초상」이라는 시로 일등상에 도전하겠다는 지고한 결정을 내렸다.

마리오는 응모 요령을 철저히 따랐다. 별도의 봉투에 조금은 창피해하며 보잘것없는 약력을 적고 마지막에 '시 낭송 다수'라고 썼다. 단지 약력을 포장하기 위해서였다. 겉봉은 코스메에게 부탁하여 타자로 치고, 붉은 밀랍을 녹여 칠레 우체국 우표를 붙이는 것으로 의식을 마쳤다. 코스메가 편지의 무게를 달아 보며 말했다.

"겉 맵시로는 당할 자 없을 거야."

마리오는 조바심 때문에 안절부절못했다. 다만 우편물을 가지고 갈 때마다 네루다를 만나지 못해 느끼던 애통함은 줄어들었다. 두 번쯤 매우 이른 시각에 마틸데 부인과 의사가 주고받는 대화를 토막토막 엿들을 수 있었지만 시인의 건강 상태를 파악할 수 있을 정도는 아니었다. 세 번째 기회 때는 우편물을 전해 주고 어슬렁거리고 있다가 의사가 자동차로 향할 순간에 네루다의 병세에 대해 열을 올리며 다짜고짜 물었다. 그의 대답을 들은 마리오는 먼저 당혹감에 빠졌고 삼십 분 후 사전을 뒤져 보아야 했다.

"보합 상태야."

《킨타 루에다》는 칠레 독립 기념일을 기념하여 1973년 9월 18일 특별호를 발간하고, 가운데 지면에 굵은 표제 글씨로 당선 시를 실을 예정이었다. 긴장의 그날이 오기 일주일 전 마리오는 「파블로 네프탈리 히메네스 곤살레스의 연필 초상」이 일등을 차지해 네루다가 손수 꽃과 수표를 자신에게 건네주는 꿈을 꾸었다. 나지막하게 유리창을 두들기는 소리 때문에 마리오는 그 낙원에서 현실로 되돌아왔다. 투덜거리면서 더듬더듬 그쪽으로 가 창문을 열었을 때 폰초에 몸을 감춘 코스메가 보였다. 그가 조그만 라디오를 불쑥 내밀었다. 「옛 전우」라는 독일 행진곡이 흘러나오고 있었다. 코스메의 두 눈은 회색빛 안개에 덮인 애잔한 포도알 같았다. 코스메는 얼굴을 펴지 못하고 아무 말 없이 다이얼을 이리저리 돌렸다. 모든 방송국이 팀파니, 나팔, 튜바, 오보에가 합주하는 똑같은 군가를 내보내고 있었다. 코스메는 어깨를 움칫하고 라디오를 거추장스러운 폰초 속에 천천히, 아주 천천히 집어넣으며 심각하게 말했다.

"나는 숨을 거야."

마리오는 긴 머리를 긁적거렸다. 그러고는 뱃사람 스웨터를 집어 들고 창문을 훌쩍 뛰어넘어 스쿠터 쪽으로 갔다.

"저는 선생님에게 온 우편물을 챙기러 가겠어요."

코스메가 단호히 앞을 가로막으며 스쿠터 손잡이를 움켜잡았다.

"죽고 싶어?"

두 사람은 고개를 들어 침침한 하늘에 헬기 세 대가 항구 쪽으로 향하는 것을 보았다. 마리오가 헬기 굉음에다 스쿠터 엔진 소리를 더하며 외쳤다.

"열쇠를 주세요, 국장님."

코스메는 열쇠를 건네주고는 마리오의 손을 잡았다.

"볼일을 마치면 열쇠를 바다 속에 던져 버려. 조금이라도 이 놈들 괴롭혀 줘야지."

산안토니오에서는 이미 군대가 공공건물을 점령했고, 발코니마다 기관총이 시계추처럼 왔다 갔다 하며 경계를 늦추지 않았다. 거리에는 인적이 거의 끊겼고, 우체국에 도달하기 전 북쪽 방면에서 총소리가 들렸다. 처음에는 산발적이더니 곧이어 총성이 빗발쳤다. 우체국 문 앞에는 군인 한 명이 추위로 몸을 웅크리고 담배를 피우다가, 마리오가 열쇠를 딸그랑거리며 옆으로 오자 경계 태세를 취했다. 군인이 담배를 마지막으로 빨면서 물었다.

"누구야?"

"여기서 일합니다."

"무슨 일?"

"우체부예요."

"집으로 돌아가는 게 좋을걸."

"그러기 전에 먼저 우편물을 꺼내야 해요."

"허! 거리에 총알이 빗발치는데 아직 여기에 있다니."

"제 일인걸요, 뭐."

"편지 챙겨서 꺼지라고. 알겠어?"

마리오는 분류함의 우편물을 뒤적여 네루다에게 온 다섯 통의 편지를 끄집어냈다. 그러고는 텔렉스 쪽으로 가서 바닥에 융단처럼 흘러내린 종이를 주워 들었다. 네루다에게 온 거의 스무 통에 달하는 급전이 눈에 띄었다. 마리오는 단숨에 전보들을 뜯어 내 왼팔에 둘둘 말아 가방 속 편지 옆에 챙겨 넣었다. 총소리가 다시 격렬해졌다. 이번에는 항구 쪽이었다. 마리오는 코스메의 투쟁적인 장식품이 가득한 벽을 살펴보았다. 살바도르 아옌데의 초상은 비록 그가 이미 죽었을지라도 칠레 헌법이 바뀌지 않는 한 합법적인 대통령이니 내버려 두어도 상관없었다. 하지만 덥수룩한 턱수염의 마르크스와 이글거리는 눈매의 체 게바라는 떼어 내어 가방 속 깊숙이 쑤셔 넣었다. 우체국을 나서기 전 평소에 안 하던 짓을 했다. 코스메가 보았다면 아무리 의기소침해 있어도 분명 즐거워할 일이었다. 우체국 직원 모자를 쓴 것이다. 그렇게 해서 군인의 단정한 머리에 비해 너무나 반체제적인 장발을 감추었다.

마리오가 나올 때 군인이 물었다.

"이상 없어?"

"네."

"엉, 우체부 모자를 썼네?"

마리오는 머리카락을 확실히 덮었는지 확인하듯 몇 초 동안 모자를 매만졌다. 그리고 냉소적으로 모자를 푹 눌러썼다.

"앞으로 머리는 모자나 이고 가는 데 써야겠죠."

군인은 입술에 침을 바르고 새 담배를 물었다가 잠시 떼어 누런 필터 조각을 뱉어 냈다. 그러고는 마리오를 외면하고 군화를 빤히 내려다보면서 말했다.

"망할 놈, 쥐 죽은 듯 지내라고."

군인들은 네루다 집 근처에 바리케이드를 쳐 놓았다. 그 뒤쪽에 소리 없이 사이렌 불빛만 돌아가고 있는 군용 트럭 한 대가 있었다. 비가 부슬부슬 내렸다. 몸을 흠뻑 적시지는 않지만 불쾌감을 잔뜩 주는 해변의 안개비였다. 우체부는 지름길을 따라 자그마한 언덕 위로 가서 땅에 얼굴을 바짝 대고 상황을 파악했다. 군인 셋이 빵집 근처에서 보초를 서며 시인가(街)[31] 북쪽을 통제하고 있었다. 그 사이를 어쩔 수 없이 지나야 하는 사람들은 몸수색을 당했다. 군인들이 지갑 속 신분증을 들여다보는 태도에는 불온 세력에 대한 철저한 경계심은 별로 엿보이지 않았다. 그저 하찮은 포구를 지키는 지루함을 덜어 보

---

31) 네루다의 집과 붙어 있는 작은 길 이름.

려는 의도가 역력했다. 거칠게 굴지는 않았지만 장바구니를 든 행인에게는 세제, 국수 봉지, 홍차 깡통, 사과, 감자 등 모든 물품을 일일이 펴 보이게 했다. 그런 후에야 따분한 손짓으로 통행을 허락했다. 모든 게 처음 겪는 일이었지만 군인들의 행동은 일상적인 느낌을 주었다. 군인들은 목소리가 위압적이고 콧수염을 기른 중위가 가끔 나타날 때만 절도 있고 기민히게 움직였다.

마리오는 정오까지 그곳에 머물며 군인들의 움직임을 샅샅이 살폈다. 이윽고 조심스럽게 언덕을 내려와 스쿠터를 버려 둔 채 이웃집들 뒤를 멀찌감치 돌아서 해변의 선착장에 다다랐다. 그런 다음 맨발로 벼랑 기슭의 모래사장을 따라 네루다 집까지 갔다.

마리오는 모래 언덕에서 가까운 어느 동굴의 비쭉비쭉한 바위 뒤에 가방을 무사히 내려놓았다. 분주히 해안을 스치는 헬기들을 최대한 조심하면서 그곳에서 전보 꾸러미를 펼쳐 놓고 한 시간 동안 읽었다. 그러고 난 후에야 종이를 구겨 돌 밑에 감추었다. 종루까지는 가파르긴 하지만 먼 거리는 아니었다. 그러나 갈매기와 펠리컨까지 쫓아 버린 비행기와 헬기들이 시나가는 바람에 또다시 멈칫했다. 쌩하니 놀아가는 프로펠러와 쏜살같이 날아가다가도 네루다 집 상공에 갑자기 멈추곤 하는 모습이 무슨 냄새를 맡은 맹수나 밀고자의 집어삼킬 듯한 눈매처럼 보였다. 마리오는 굴러떨어지든 말든, 길을 지키는 보초에게 발각되건 말건 언덕을 기어오르고 싶은 충동을 자제했다. 그림자를 위안 삼아 움직일 뿐이었다. 날이 아직 저물지 않아서 햇볕이 들지 않는 그 험한 비탈길이 오히려 더 안전하게 느껴졌다. 해가 가끔씩 짙은 구름을 헤치고 나와 해변의 깨진 병 조각이나 반들반들한 조약돌까지 들추어냈기 때문이다.

종루에 다다르자 뺨은 물론이고 특히 양손에 난 상처를 씻을 물이 아쉬웠다. 손의 상처에서는 땀과 뒤엉킨 피가 몇 갈래 흘러내렸다.

테라스에 올라서자 팔짱을 낀 마틸데 부인이 보였다. 단조로운 소리를 내는 바다를 하염없이 바라보고 있었다. 손짓을 하자 부인이 시선을 돌렸다. 마리오는 손가락을 입술에 대고 조용히 해 달라고 요청했다. 부인은 침실로 가는 통로가 길에 있는 보초의 시야에 들지 않는지 살피더니, 눈짓으로 침실을 가리키며 들어가도 좋다고 허락했다.

마리오는 약 냄새와 축축한 나무 냄새가 풍기는 어둠 속에서 네루다의 모습을 찾기 위해 문을 반쯤 열고 잠시 있어야 했다. 이윽고 사원을 방문하는 이처럼 숙연하게 양탄자를 밟으며 침대까지 갔다. 네루다가 힘겹게 숨을 쉬는 모습을 보자 가슴이 아렸다. 숨을 쉴 때마다 목구멍에 상처가 날 듯했다.

"선생님."

푸른 수건을 덮은 희미한 스탠드 불빛과 조화를 이루려는 듯 마리오가 낮게 속삭였다. 자신이 아니라 그림자가 말을 했다고 느낄 정도였다. 네루다의 그림자가 침대 위에서 힘겹게 몸을 일으키면서 흐릿한 눈으로 어둠 속을 살펴보았다.

"마리오인가?"

"네, 선생님."

시인이 바싹 여윈 팔을 뻗었지만 마리오는 깨닫지 못했다.

"이봐, 가까이 오라고."

마리오가 침대 곁으로 가자 네루다가 그의 손목을 꽉 움켜쥐고 머리맡에 앉혔다.

"아침에 오려고 했는데 그럴 수가 없었습니다. 군인들이 집을 포위하고 있거든요. 의사 선생님만 들여보내 주더군요."

네루다가 힘없는 미소를 짓는 바람에 입이 벌어졌다.

"이제 의사는 필요 없어. 무덤 파는 인부나 당장 보내 주는게 낫지."

"그런 말씀 마세요, 선생님."

"무덤 파는 건 좋은 직업이라네, 마리오. 철학을 배우니까."

머리맡 탁자에 있는 찻잔이 눈에 들어왔다. 네루다가 손짓으로 부탁하자 마리오가 찻잔을 입술 가까이 대주었다.

"좀 어떠세요, 선생님?"

"죽어 가고 있어. 그 외에는 별일 없지."

"무슨 일이 벌어지고 있는지 아세요?"

"마틸데는 뭐든지 숨기려 하지만 베개 밑에 트랜지스터라디오를 감춰 두었어."

네루다는 크게 숨을 한 번 들이켰다가 이내 몸을 부르르떨며 내쉬었다.

"이렇게 열이 나니까 프라이팬 위의 생선 같군."

"곧 열이 내릴 거예요."

"아니, 열이 사라지는 게 아니라 내가 사라질 거야."

우체부는 시트 끝 자락으로 이마에서 눈꺼풀 위로 흘러내리는 땀방울을 닦아주었다.

"심각한 병인가요?"

"「로미오와 줄리엣」에서 티볼트의 칼을 맞은 머큐쇼처럼 대답해 주지. '상처는 우물처럼 깊지 않고 교회 문처럼 넓지 않지. 하지만 충분해. 내일 내 안부를 물어보게, 내가 얼마나 딱딱한지 알게 될 걸세.'"

"제발 좀 누우세요."

"창가까지 가게 도와줘."

"안 돼요, 선생님. 마틸데 부인께서 저를 들여보내 주셨을 때는……."

"나는 자네의 둘도 없는 벗이고 뚜쟁이고 자네 아들의 대부야. 펜을 놀려 얻은 이런 타이틀들도 있고 하니 자네에게 요구하는 거야. 나를 창가까지 데려다 달라고."

마리오는 네루다의 손목을 누르면서 충동을 제지하려 했다. 네루다의 목 혈관이 동물 혈관처럼 볼록거렸다.

"바람이 차요, 선생님."

"바람이 찬 게 대수야! 삭풍이 내 뼈 마디마디에 휘몰아치고, 비할 바 없이 날카롭고 치명적인 비수에 찔렸는데. 창가로 데려다 달라고."

"여기 그냥 계시죠."

"뭘 감추고 싶은 거지? 창문을 열어 봤자 저 아래 바다가 사라지고 없다는 건가? 그들이 바다까지 연행해 갔어? 나까지 우리에 가둔 건가?"

마리오는 말을 하면 목소리가 갈라질 것 같았다. 눈가에 이슬도 맺히기 시작했다. 천천히 뺨을 쓰다듬다가 아기처럼 손가락을 입에 집어넣었다.

"바다는 저기 있어요."

"그런데 왜 그러는 거야? 창가로 데려다 달라고."

네루다가 애원하는 눈초리로 애처롭게 말했다.

마리오는 네루다의 겨드랑이를 부축하여 일으켜 주었다. 정신을 잃을까 봐 단단히 그를 붙들었다. 그 바람에 병자의 온몸에 흐르는 한기가 고스란히 전해졌다. 두 사람은 하나가 되어 주춤주춤 창가로 전진했다. 청년은 두툼한 푸른 커튼을 걷었지만 새삼스레 바깥을 내다보지는 않았다. 이미 시인의 눈에 어려 있었기 때문이다. 붉은 사이렌 불빛이 네루다의 광대뼈를 간헐적으로 채찍질했다.

"응급차라……."

시인이 눈물을 한가득 머금은 입가에 웃음을 띠었다.

"차라리 관을 보내지."

"선생님을 산티아고의 병원으로 모시고 갈 거예요. 마틸데 부인께서 짐을 꾸리고 계세요."

"산티아고에는 바다가 없어. 재단사와 외과 의사들뿐이지."

네루다는 유리창에 머리를 기댔다. 그가 내쉬는 숨으로 유리창이 희뿌옇게 되었다.

"몸이 펄펄 끓고 있어요, 선생님."

별안간 시인은 천장 쪽으로 시선을 들었다. 죽은 옛 친구들의 이름이 새겨진 서까래들 사이에서 발현하는 무언가를 응시하는 듯했다. 네루다가 또다시 몸을 부르르 떨자 마리오는 섬뜩했다. 열이 오르고 있는 것이다. 부인에게 소리쳐 알리려 했으나 군인 한 명이 응급차 기사에게 쪽지를 건네주려고 나타나는 바람에 그럴 수 없었다. 네루다는 천식이 엄습하는 듯 다른 창문 쪽으로 가려고 기를 썼다. 그를 부축하려 했을 때 마리오는 네루다의 육체에 남아 있는 유일한 기력은 사고력뿐이라는 걸 깨달았다. 쳐다보지도 않고 말을 건네는 네루다의 미소와 음성은 쇠잔하기만 했다.

"이봐, 편안히 죽을 수 있도록 절묘한 메타포나 하나 읊어 보게."

"아무 메타포도 생각나지 않아요, 선생님. 하지만 제 얘기를 잘 들으세요."

"듣고 있어."

"오늘 선생님께 스무 통도 넘는 전보가 왔어요. 가져오려 했지만 집이 포위되어 있어서 돌아갈 수밖에 없었죠. 제가 한 짓을 용서해 주셔야 해요. 다른 방법이 없었어요."

"무슨 일을 했는데?"

"전보를 다 읽고 외웠어요. 구두로 전해 드리려고요."

"어디서 온 건가?"

"여기저기서요. 스웨덴에서 온 것부터 이야기해 드릴까요?"

"그러게."

마리오는 말을 멈추고 침을 삼켰다. 네루다는 마리오에게서 잠시 몸을 떼고 창문 손잡이에 의지했다. 세찬 바람이 소금기와 먼지로 뿌연 유리창을 뒤흔들었다. 마리오는 도자기 꽃병 가장자리에 흐트러져 있는 한 떨기 꽃에 시선을 고정시켰다. 그러고는 다른 전문들과 헷갈리지 않도록 신경 쓰면서 첫 번째 전보를 외웠다.

"아옌데 대통령 죽음에 공분과 애도. 정부와 국민은 시인 파블로 네루다 씨에게 망명지 제공. 스웨덴."

"다음."

네루다는 눈자위에 그림자들이 어리는 것을 느꼈다. 그 그림자들은 거센 물줄기나 질주하는 유령들처럼 유리창을 산산이 부수고, 모래사장 위에서 스멀스멀 몸을 일으키는 희미한 몸뚱어리들과 어우러지고 싶어 하는 듯했다.

"멕시코 정부, 시인 네루다 씨와 가족에게 비행기 제공. 조속한 내왕 바람."

마리오는 낭송은 했지만 이미 시인의 귀에는 들리지 않을 거라고 확신했다.

창문 손잡이 위에 놓인 네루다의 손이 떨리고 있었다. 창을 열고 싶었는지도 모른다. 아니면 떨리는 손가락으로 진한 물질을 더듬고 있는 듯도 했다. 혈관을 맴도는 피나 입안에 고이는 침 같은 물질을. 험한 파도가 바다에 비친 프로펠러를 갈기갈기 찢고 은빛 물고기 떼 번뜩이는 물보라를 일으켰다. 네루다는 그 금속성 물결 위로 물로 만든 집이 솟아오르는 것을 보았다. 비의 집이요, 축축한 나무 집이었다.[32] 네루다의 끓어

---

32) 네루다는 비가 많이 오는 지방에서 유년기를 보냈으며 그의 집이 나무 집이었다.

오르는 피 속에서 웅성거리던 비밀이 막 모습을 드러냈다. 바로 검은 물이었다. 그 검은 물이야말로 생명의 근원이고, 나무 뿌리를 장식하고 있던 거무스름한 수공예품이자, 결실의 밤을 일궈 낸 내밀한 금은 세공품이며, 만물의 모태가 대지라는 확고한 신념까지 준 바 있다. 또 모든 언어가 찾아 헤매고, 고대하고, 적합한 이름으로 명명하지 못해 주변만 맴돌거나 침묵함으로써 명명하던 것이 바로 그 검은 물이었다.(남부 지방 출신의 젊은 시인[33]은 음산한 스탠드 불 밑의 사과 바구니를 가리키던 손을 거두어들이며 "유일한 진실은 우리가 숨을 쉬고 있고 숨을 멈출 날이 오리라는 것이다."라고 말한 적이 있다.) 검은 물이 바다를 바라보는 네루다의 집과 역시 물로 화해 버린 유리창 너머로 지금 떠오르는 물의 집과 사물의 집이었던 시인의 눈, 말의 집이었던 시인의 입술을 이미 복스럽게 적시고 있었다. 무덤을 지나고 난간을 넘고 유해를 가로질러 어느날 아버지의 관을 쪼갬으로써 삶과 죽음의 비밀을 성찰하게 만든 검은 물이었다.[34] 그 검은 물이 지금 이 순간 시인에게 비밀을 드러내고 있었다. 그리고 아름다움과 무(無)가 교차된 검은 물, 쿠데타 발발로 두 눈이 가려지고 손목마다 피를 흘

---

33) 칠레의 시인 호르헤 테이예르(1935~1996)를 가리킨다. 테이예르는 비가 많이 내리는 칠레 남부의 분위기를 잘 전달하는 시를 썼다는 점에서 네루다와 유사하다.

34) 네루다 아버지의 묘를 이장할 때 관에서 검은 물이 놀랄 만큼 많이 쏟아져 나왔다고 한다. 네루다는 폭우에서 비롯되어 무덤마다 흘러 다녔을 이 검은 물이 삶과 죽음과 대자연에 대해 성찰할 기회를 주었다고 회고한바 있다.

리고 있을 시체들 아래로도 흐를 그 검은 물이 네루다의 입에서 시 한 수가 흘러나오도록 했다. 네루다는 자신이 시를 읊고 있는지도 몰랐다. 그러나 그가 창문을 열어 바람이 어둠을 쓸어내릴 때 마리오는 똑똑히 들을 수 있었다.

하늘의 품에 휩싸인 바다로 나 돌아가노니,
물결 사이사이의 고요가
위태로운 긴장을 자아내는구나.
새로운 파도가 이를 깨뜨리고
무한의 소리가 다시 울려 퍼질 그때까지,
어허! 삶은 스러지고
피는 침잠하려니.

마리오는 네루다를 뒤에서 안고 신들린 눈동자를 손으로 덮어 주면서 말했다.

"제발, 제발 죽지 마세요, 선생님."

응급차가 네루다를 산티아고로 싣고 갔다. 도중에 여러 차례 경찰 바리케이드를 통과하고 군 검문을 거쳐야 했다.

1973년 9월 23일 네루다는 산타마리아 병원에서 최후를 맞았다.

사경을 헤매는 동안 산크리스토발 언덕 기슭에 있는 네루다의 산티아고 집은 약탈당하고 유리창이란 유리창은 죄다 박살이 나고, 수도꼭지를 틀어놓아 집이 잠겼다.

조문객들은 그 난장판 속에 네루다의 시신을 안치해 놓고 밤을 지새웠다.

봄밤이 소슬하여 영구를 지키는 이들은 동이 틀 때까지 끊임없이 커피를 마셨다. 새벽 3시경 검은 옷을 입은 한 처녀가 통행금지를 비웃기라도 하듯 산크리스토발 언덕을 기어 와 합류했다.

다음 날 스산한 해가 떠올랐다.

산크리스토발 언덕에서 공동묘지까지 가는 동안 장례 행렬을 따르는 사람들은 늘어만 갔다. 마포초 강변의 꽃 장수 여인들 앞을 지날 때는 죽은 시인과 아옌데 대통령을 기리는 구호들이 터져 나왔다.[35] 군부대기 착검을 하고 행렬을 주시하며 따랐다.

네루다의 묘 주변에서 장례식 참가자들은 「인터내셔널」을 합창했다.

---

35) 아옌데는 쿠데타가 일어난 1973년 9월 11일 대통령궁을 지키다 죽음을 맞이했다.

마리오는 주점의 텔레비전을 통해 네루다의 죽음을 알게
되었다. 걸걸한 목소리의 아나운서가 '국민적 자랑이자 온 인
류의 자랑'이 죽었다는 그 소식을 알렸다. 뒤이어 노벨 문학상
을 수상할 때까지의 간략한 네루다 전기가 나오고 시인의 죽
음에 애도를 표한다는 군사 평의회의 성명서 낭독으로 뉴스
는 끝이 났다.

  과부, 베아트리스, 심지어 파블로 네프탈리까지도 마리오
의 침묵에 전염되어 그를 가만히 내버려 두었다. 그는 저녁 설
거지를 하고, 밤차를 타고 산티아고로 돌아갈 마지막 피서객
에게 무감각한 인사를 건네고, 끓는 물에 홍차 티백을 한없이
담가 두고는 식탁보에 붙은 자질구레한 음식 찌꺼기를 손톱으
로 긁어 댔다.

마리오는 밤새 잠을 이룰 수 없었다. 아무 생각 없이 천장을 바라보는 동안 시간은 흘러갔다. 새벽 5시경 문 앞에 차들이 멈추는 소리가 들렸다. 마리오가 창가에 얼굴을 내밀자 콧수염을 기른 사람이 나오라고 손짓했다. 마리오는 뱃사람 스웨터를 입고 문밖으로 나왔다. 반쯤 머리가 벗어지고 콧수염을 기른 남자와 짧은 머리에 우비를 입고 넓은 넥타이를 맨 젊은이 한 명이 서 있었다. 콧수염이 물었다.

"마리오 히메네스 씨입니까?"

"네, 그렇습니다."

"우체부 마리오 히메네스 씨요?"

"네, 우체부 맞습니다."

우비가 주머니에서 회색빛 카드를 꺼내 쓱 훑어보았다.

"1952년 2월 7일생입니까?"

"네."

젊은이가 연장자를 쳐다보자 그가 마리오에게 말했다.

"저희와 동행하셔야겠습니다."

마리오는 허벅지에 손바닥을 훔쳤다.

"무슨 일이죠?"

콧수염이 담배를 물며 성냥을 찾는 것처럼 호주머니를 더듬으면서 말했다.

"몇 가지 물어볼 게 있어서 그럽니다."

콧수염은 마리오의 시선이 눈에 와 닿는 것을 느꼈다.

"일상적인 일이에요."

콧수염이 동행인에게 불을 빌려 달라고 손짓하면서 설명했다. 옆 사람은 고개를 가로저었다.

우비가 뒤를 이어 말했다.

"두려워하실 것 없습니다."

번호판이 없는 차 두 대가 시동을 건 채 길에서 대기하고 있었다. 그중 한 대의 유리창으로 고개를 내미는 누군가에게 콧수염이 담배를 보여 주면서 말했다.

"그런 후에 집으로 돌아올 수 있습니다."

우비가 덧붙였다.

"일상적인 일일 뿐입니다."

콧수염이 창문 밖으로 금색 라이터를 내보이는 사람 쪽으로 다가가면서 말한다.

"두어 가지 질문에 대답하고 돌아오면 된다니까."

콧수염이 자세를 낮추자 하원 의원 랍베가 딸깍하고 세찬 불꽃을 일으켰다. 마리오는 콧수염이 담배를 깊이 빨아 불을 붙이며 몸을 일으키고는, 우비에게 다른 차에 오르라고 손짓하는 것을 보았다. 우비는 마리오를 건드리지는 않았다. 단지 검은색 피아트 쪽을 가리켰을 뿐이다. 마리오는 그와 함께 그 차로 향했다. 운전석에는 짙은 색안경을 쓰고 뉴스를 듣고 있는 또 다른 남자가 있었다. 마리오는 차에 오르면서 군부대가 키만투 출판사를 장악하고 《우리 칠레인들》, 《비둘기》, 《킨타루에다》 등등의 불온 잡지들을 압류하는 중이라고 아나운서가 알리는 것을 들었다.

에필로그

몇 년 후 나는 《오늘》이라는 잡지를 통해 《킨타 루에다》의 문학 편집장이었던 이가 멕시코 망명에서 돌아왔다는 것을 알게 되었다. 학교 동창인지라 한번 만나 보려고 전화를 걸었다. 우리들은 정치에 관해, 특히 언젠가 칠레가 민주화될 가능성에 대해 잠시 대화를 나눴다. 그가 잠깐 망명 경험에 대한 이야기를 하는 바람에 피곤해졌다. 나는 세 잔째 커피를 주문한 뒤, 혹시 쿠데타가 나던 해 9월 18일에 《킨타 루에다》에서 발표 예정이던 수상 시를 쓴 작가 이름을 기억하느냐고 물었다.

"물론이지. 호르헤 테이예르의 훌륭한 시였지."

나는 설탕을 넣지 않지만 숟가락으로 커피를 휘젓는 습관이 있다. 내가 다시 물었다.

"「파블로 네프탈리 히메네스 곤살레스의 연필 초상」이라는 시 기억나? 좀 특이한 제목이라 생각날 수도 있을 텐데."

　친구는 설탕 통을 들다가 잠시 멈추고 기억을 더듬었다. 그
러더니 고개를 저었다. 기억나지 않았던 것이다. 그가 설탕 통
을 내 커피 잔에 가까이 댔다. 하지만 나는 재빨리 손으로 커
피 잔을 덮었다.

　"고맙지만 됐어. 블랙으로 마시거든."

한 시인에게 바치는 최고의 경의

국내에서는 영화 「일 포스티노」로 더 유명한 『네루다의 우편배달부』의 배경이 되는 이슬라 네그라는 산티아고에서 120킬로미터가량 떨어진 해안 마을이다. '검은 섬'이라는 뜻을 지닌 지명이지만 바닷가에 거무스름한 바위들이 있는 한적한 곳이라서 '검은 섬'이라는 이름이 붙었을 뿐 섬은 아니다. 이슬라 네그라가 유명해지게 된 것은 칠레의 시인 파블로 네루다(Pablo Neruda, 1904~1973)가 1943년 이곳에 정착하면서부터다. 원래 단 두 집만 있던 외딴 곳이었는데, 네루다가 바다를 벗 삼아 조용히 창작할 수 있을 곳을 찾다가 그중 한 채를 사 들여 몇 년 동안 오가며 지내다가 정착하게 된 것이다. 네루다가 원래 수집벽이 있어 갖가지 물건을 소장하고 있었던 데다 돈이 생길 때마다 시인다운 상상력을 가미해 집을 계속 증축하면서 이슬라 네그라 집은 일약 명소가 되었다. 지금은 박물관으로 변해 해마다 많은 관광객들이 찾고 있으며, 마을 자체도 조그만 휴양지로 변했다. 네루다가 1971년 노벨 문학상 수상자이자 민중 시인으로 이름이 높고 그의 무덤이 집 앞, 바다를 바라보는 곳에 있다는 점도 이슬라 네그라를 더욱 유명하게 만들었다.

스카르메타도 네루다와 이슬라 네그라의 시적인 향기에 흠뻑 취한 작가였다. 그 자신이 고백하듯, 스카르메타는 결코 네루다의 지인들 축에 끼어 보지도 못했고, 시인과 세대 차이도 분명히 느꼈으며, 문학을 통해 추구하는 바도 달랐다. 그럼에도 불구하고 스카르메타는 네루다와 이슬라 네그라에 대해 좋은 기억을 가지고 있었으며, 1985년 마침내 그 기억을 바탕으로 한 『네루다의 우편배달부』를 발간하기에 이르렀다. 이 소설이 나오기 전까지 스카르메타는 동일한 이야기를 연극으로 올리고 라디오 극으로 만들 정도로 애착과 집념을 보였다. 또한 1983년에는 영화로도 만들었다. 이 영화에서 그는 직접 감독을 하고 배우로도 출연해 15만 명의 관객을 동원하는 기염을 토했다. 영화를 처음 찍는 아마추어 감독이 만든 저예산 영화라는 점을 감안하면 기록적인 관객 수였고, 스카르메타는 스페인과 프랑스 영화제에서 각종 상을 받는 영광을 누리기도 했다. 영화 「일 포스티노」의 세계적인 성공은 그 영화를 만든 사람들의 공이기도 하지만, 동일한 이야기를 다양한 장르로 다듬기를 거듭한 스카르메타의 집념이 없었다면 불가능했을 것이다.

스카르메타가 이처럼 네루다라는 인물을 예술적으로 형상화하는 데 집념을 보인 것은 그의 친근한 성격에 반해서였다. 책 한 권 내 본 적 없는 까마득한 후배 문인과도 유머를 섞어가며 스스럼없이 대화를 나누는 모습이 오랫동안 기억에 남았다고 한다. 민중 시인으로서의 네루다보다 시인의 이런 면모에 더욱 친근감을 느낀 것은 스카르메티의 삶과 무관하지 않다. 낙천적인 성격을 지닌 그는 정력적인 활동가로 다방면에 관심을 보이고 끼를 분출했다. 이미 유년기 때부터 그의 이런 성격과 취향이 드러났다. 경제적인 어려움 탓에 집안이 부에노스아이레스로 이주한 뒤, 삼 년 동안 빈민가에 살면서 방과 후마다 여러 가지 일을 해 가계에 보탬이 되어야 했지만 스카르메타는 낙담하지 않았다. 용돈을 스스로 벌면서 만화를 실컷 보고, 영화관을 들락거리고, 탱고와 팝송을 기웃거리는 삶이 오히려 즐거웠던 것이다. 농구, 축구, 사이클 등 스포츠에 관한 관심도 남달랐다. 장년기에 접어들어서는 경마에도 재미를 붙여 경주마를 사서 대회에 참가시키기까지 했을 정도이다. 또한 자유분방한 성격으로 인해 젊은 시절에는 히피를 동경하기도 했다. 그래서 수차례에 걸쳐 미국과 라틴 아메리카 몇 개국을 무작정 여행했다. 주로 무전여행이어서 돈이 떨어지면 잠시 허드렛일을 해 여행 경비를 충당하기도 하고 때로는 아무런 죄의식 없이 남의 차에서 기름을 훔쳐 여행을 계속했다. 그러나 이렇게 대중문화에 심취하고 충동적인 삶을 살면서도, 보들레르와 셰익스피어에게 반하고 실존주의에 열광하고 몇 날 며칠을 틀어박혀 독서로 시간을 보내며 문학에 대한 열정을 불태우는 면모를 보이기도 했다. 스카르메타 자신이 말하듯, 그는 제임스 딘처럼 자전거를 타면서 산티아고 중심가를 누비고, 로버트 미첨을 흉내 내 얼굴 근육 하나 움직이지 않고 셰익스피어의 시를 낭송하는 그런 삶을 살아왔다. 그리고 이러한 유연한 사고가 로큰롤이나 비트 세대에 열광하면서도 무전여행을 통해 자신이 라틴 아메리카인이라는 인식을 새롭게 하고, 쿠바 혁명과 칠레의 사회 변혁 가능성을 모색하는 것을 가능하게 해 주었다.

이러한 스카르메타의 삶은 그의 문학에 지대한 영향을 끼쳤다. 우선 소설과 시나리오 창작을 병행했다는 점이 눈에 띈다. 몸이 근질근질해 한 가지 일만으로는 만족할 수 없었던 데다 대중문화에 대한 관심을 지울 수 없었기 때문이다. 또한 사회 부조리를 진지하고 침울하게 성찰하고 고발하는 데 주력한 당시 칠레 문학과는 달리, 첫 단편집 『열정』을 썼을 때부터 생의 활력을 바탕으로 사회와 인생을 조망하는 문학을 지향했다. 문학은 엄숙하고 진지하기만 하기보다는 '가벼움'과 '무거움'이 조화를 이루어야 한다고 생각했기 때문이다. 인간의 삶은 희로애락이 교차하는 것이니, 삶의 활력과 즐거움도 문학의 중요한 주제가 되어야 한다는 신념을 지니고 있었다. 그의 작품 속에 영화나 음악, 스포츠 같은 대중문화가 자연스럽게 스며든 것은 물론이었다. 대중문화가 현대인의 삶에서 커다란 부분을 차지하는 한, 예술이 그것을 배제한다는 것은 삶과 예술을 격리시키는 일이라고 본 것이다. 삶의 온갖 요소가 이렇게 다 뒤섞인 자신의 미학을 스카르메타는 '잡탕의 미학

(Estética de la Promiscuidad)'이라고 정의했다. 서민들과 격의 없는 대화를 나누고, 비틀스 노래에 맞춰 덩실덩실 춤을 추고, 뚜쟁이 역할을 한 것을 자랑스러워 하고, 파리에서 대사로 재직하면서 이슬라 네그라를 못내 그리워하는 감성적인 면을 보이는 소설 속의 네루다는 이렇게 탄생했다.

물론 『네루다의 우편배달부』의 '가벼운' 네루다 이미지는 분명 파격이었다. 네루다의 인생 역정이나 작품은 그에게 '무거운' 이미지를 고착시켰다. 스페인 내전 이래의 반파시스트 운동, 공산당 입당 및 상원 의원으로서의 정치 활동, 정치적 탄압으로 인한 망명 경험 등으로 점철된 삶을 살았고, 라틴 아메리카의 역사와 사회를 조망한 초유의 대서사시 『모두의 노래(Canto General)』(1950)를 쓴 네루다에게 투사의 이미지가 고착된 것은 당연한 일이었다. 그러나 스카르메타가 내세운 친근한 이미지의 네루다가 사실을 왜곡한 것은 아니다. 사실 네루다만큼 사람을 좋아한 이도 드물어, 그가 가는 곳은 늘 사람들로 붐볐다. 이슬라 네그라 집뿐만 아니라 차스코나(La Chascona)라고 불리는 산티아고의 집은 예술가들에게 사랑방 같은 곳이었다. 어찌나 많은 예술가들이 드나들었는지 집 근처의 베야비스타(Bellavista)라는 동네 전체가 보헤미안 풍의 카페 거리로 변했을 정도이다. 이슬라 네그라 집에는 방문객들을 위한 바를 아예 따로 만들고, 파티 때면 네루다는 흥을 돋우느라 앞치마를 두르고 익살맞은 가면을 쓴 다음 손수 칵테일을 만들어 사람들에게 돌렸다. 또한 바의 천장을 가로지르는 서까래마다 죽은 친구들의 이름을 새겨 놓고 방문객들에게 그들의 이야기를 해 주며 망각의 늪에서 건져 주는 가슴 뭉클한 미담을 남기기도 했다. 그런 인간미를 지닌 사람이기에 스카르메타 자신도 「열정」을 썼을 때 한번 읽어 봐 달라고 막무가내로 부탁할 수 있었고, 그런 경험이 있기에 소녀들에게 폼을 재려고 네루다 시집을 사서 헌사를 부탁하는 마리오나 이 소설 서문에서 쓰지도 않은 작품 서문을 부탁하는 가공의 화자를 상상할 수 있었던 것이다.

스카르메타는 『네루다의 우편배달부』에서 '가벼운' 네루다를 창조하기 위해 몇 가지 장치를 마련한다. 우선 무식한 우체부 마리오가 네루다의 편지를 배달하게 되면서 그의 시를 읽게 되고, 시를 통해 네루다와 우정을 쌓고, 그의 사랑의 시를 이용해 베아트리스라는 소녀에게 구애하여 결혼에 성공한다는 설정 자체가 민중 시인 네루다의 '무거운' 이미지를 탈색시킨다. 이를 위해 스카르메타는 네루다 시집 중 가장 어려운 시집인 『지상의 거처(Residencia en la Tierra)』(1933~1935)나 장중함이 돋보이는 『모두의 노래』에 수록된 시는 별로 인용하지 않는다. 『스무 편의 사랑의 시와 한 편의 절망의 노래(20 Poemas de Amor y Una Canción Desesperada)』(1924)의 시나 마지막 부인 마틸데에게 바친 사랑의 시 혹은 일상의 빵과 같은 시를 쓰고자 구상한 송가 연작 시집의 시들을 주로 이용한다.

그러나 스카르메타는 이런 '가벼운' 시들만으로도 네루다가 최고의 시인임을 다시 확인시켰다. 투사로서의 네루다 혹은 노벨 문학상을 수상한 위대한 시인으로서의 네루다를 찬양한 그 어느 누구보다도 더한 찬사를 던지고 있는 것이다. 마리오나 과부 같은 무지한 민초의 입에서 네루다의 시가 자연스럽게 흘러나오게 함으로써 네루다가 칠레의 국민 시인이라는 사실을 자연스럽게 저 세계 독자들에게 알린 점만으로도 그렇다. 그러나 좀 더 찬찬히 『네루다의 우편배달부』를 들여다보면, 마리오가 시를 통해 세계에 대한 인식을 근본적으로 바꿀 정도로 네루다에게 영향받았음을 알게 된다. 직중의 네루다가 메타포의 뜻을 가르쳐 주기 위해 비를 하늘이 우는 것이라 비유해서 설명하고, 바다를 관찰하면 메타포를 떠올릴 수 있을 것이라고 하자, 마리오는 뜻밖의 질문을 던진다. '온 세상이 다 무엇인가의 메타포라고 생각'하느냐는 것이다. 따분한 일상 혹은 평범한 삶을 시적으로 볼 수도 있다는 깨달음을 준 네루다야말로 진정한 시인임을 시사한 대목이다. 이처럼 세계에 대한 인식이 바뀌었을 때 마리오는 '말'을 할 줄 아는 존재로 다시 태어난다. 처음에는 베아트리스에게 말 한마디 못 건넬 정도로 수줍어하는 마리오의 모습은 오랜 착취에 길들여져 정당한 항의 한 번 제대로 못 하는 민초들을 암시한다. 그러나 마리오는 네루다의 시집을 읽게 되면서 비로소 말을 하게 된다. 처음에는 그저 네루다의 시를 외워서 베아트리스에게 말하는 것에 그친다. 그러나 우파의 상원 의원에게 대통령 선거에서 네루다에게 투표하겠다는 말을 거침없이 하고, 농민 노동자 집회에서 네루다의 시를 낭송하면서 시와 민초를 잇는 역할을 마다하지 않는다. 다른 어부들은 감히 엄두도 내지 못하는 말이나 행동을 하게 되었다는 것은 마리오가 시를 통해 깨어 있는 의식을 갖추게 되었음을 뜻한다. 시와 정치를 양

립시키고자 한 네루다의 이상이 마리오를 통해 구현된 것이다. 마리오는 네루다에게도 당당히 하고 싶은 말을 한다. 네루다가 부인 마틸데를 위해 쓴 시를 마리오가 도용했다고 화를 내자 우체부는 "시는 쓰는 사람의 것이 아니라 읽는 사람의 것이에요!"라고 말하는 것이다. 마리오는 민초들도 시를 읽고 인용할 권리를 주장했지만, 스카르메타는 이 장면을 통해 네루다의 시가 개인의 것이 아니라 칠레인 전체의 것, 즉 일상의 삶 그 자체가 되었음을 암시하고 있다. 마리오가 시인으로 변신하는 것 역시 의미심장하다. 네루다가 파리에서 병이 들어 이슬라 네그라가 그립다는 편지를 보내자, 마리오는 그를 그리워하는 마음과 따스한 위로를 담아 송가 한 편을 지어 보낸다. 네루다가 민중 시인으로 변신하면서 삶의 지표로 삼았던, 인간들끼리의 진정한 연대가 이 시 한 편을 통해 성취된 것이다.

이슬라 네그라의 소리가 그립다는 네루다의 부탁에 따라 마리오가 한 녹음은 가히 이 소설의 백미다. 그 녹음에는 종소리, 파도 소리, 갈매기 소리, 벌집의 윙윙거림 등 네루다에게 시상을 떠올려 주던 자연의 소리가 주로 담겨 있다. 그리고 원하는 소리를 얻지 못해 성질을 부리는 마리오의 소리도 담겨 있다. 상스러운 욕지거리지만 그것은 분명 아름다운 소리다. 네루다와의 우정을 지키려고 아등바등하는 인간미 넘치는 소음이기 때문이다. 이 녹음은 네루다가 파리에 간 뒤 태어난 마리오 아들의 울음소리로 막을 내린다. 네루다의 시가 사랑의 씨앗을 뿌리더니, 새 생명이라는 열매까지 맺었다는 설정이야말로 한 시인에게 표할 수 있는 최고의 경의일 것이다. 시가 문학의 테두리를 뛰어넘어 삶으로 뛰어들었기 때문이다. 여운이 남는 이런 감동 때문에 스카르메타 스스로도 오랫동안 남을 작품이라고 꼽는 것일 테다. 더구나 쿠데타가 발발한 이후 독일에서 망명 생활을 하는 고초를 겪으면서도, 스카르메타는 독자들에게 투쟁심보다는 감동을 선사하려 했다는 점이 작품성을 더욱 돋보이게 한다. 가볍되 가볍지 않은 작품을 쓰는 능력이야말로 스카르메타를 27개 언어로 작품이 번역된 세계적인 작가로 만든 비결이다.

『네루다의 우편배달부』는 잔잔하면서 진한 감동 외에도 재치 넘치는 묘사와 대화, 해학적인 성 묘사, 순수함이 빚어낸 각종 일화 등으로 해서 소설을 읽는 재미 또한 그만이다. 그러나 마치 스카르메타 자신인 것처럼 포장한 서문의 화자가 말하는 것처럼 이 작품은 '열광적으로 시작해서 침울한 나락으로 떨어'지고 만다. 쿠데타가 일어나면서 네루다는 병사하고 마리오는 연행되어 실종된다. 두 사람의 마지막 만남은 서럽도록 아팠다. 쿠데타가 일어난 날 새벽, 총알이 빗발치는 가운데 우체국으로 간 마리오는 네루다에게 온 편지와 전보를 가지고 시인의 집으로 향한다. 이미 군인들이 집을 지키고 있는 것을 보사 선보를 하나하나 외운 뒤 몰래 집으로 잠입한다. 지병으로 대사직을 사임하고 이슬라 네그라에 칩거하던 네루다는 이미 병세가 심각하게 악화되어 있었다. 네루다는 마리오의 부축을 받고 억지로 창가로 가 바다를 응시한다. 마리오가 전보 내용을 구두로 전하지만 네루다는 환각에 빠져 검은 물을 볼 뿐이다. 이 검은 물은 아버지 묘 이장에 대한 네루다의 회고를 스카르메타가 끌어온 것이다. 어두운 바다를 응시하고 있는 소설 속의 네루다와 그 검은 물을 연관시키면서 스카르메타는 시인의 죽음을 암시하고 있다. 역자 개인적으로는 다시 한번 칠레의 태평양을 떠올리게 만든, 잊을 수 없을 장면이자 네루다의 시를 넘어 그의 마음을 헤아려 보게 해 준 장면이다. 칠레 해안에는 겨울이면 한낮에도 자욱한 물안개가 낀다. 쿠데타가 일어난 1973년 9월 11일은 아직 이른 봄이었으니 그날도 당연히 짙은 물안개가 끼었을 것이다. 착취당하는 사람 없는 세상을 만들어 보겠다는 평생의 이상이 하루아침에 물거품이 되어 버린 그날, 네루다는 자욱한 물안개를 바라보며 무슨 생각을 했을까. 그 짙은 안개 때문에 얼마나 가슴이 미어졌을까. 스카르메타는 네루다의 한과 서러운 죽음을 검은 물에 비유했지만 역자에게는 그 검은 물이 물안개의 기억으로 되살아났던 것이다. 몇 장 남지 않은 소설을 마저 읽었을 때 안타까움과 허탈함에 맥이 빠졌던 기억이 아직 생생하다. 먼동이 희뿌옇게 밝아 오는데 하늘빛은 눈에 들어오지 않고 하늘 한 귀퉁이의 먹구름만 한동안 쳐다보고 있을 수밖에 없었다.

네루다의 죽음은 소설에 짤막하게 소개된 거의 그대로다. 걷잡을 수 없이 병세가 악화된 시인은 며칠 후 산티아고의 한 병원으로 이송되었다. 쿠데타 군의 무자비한 탄압으로 이미 수천, 수만의 사람이 죽고 고문당하고 수용소에 갇히고 망명을 떠나는 상황에서 그가 입원했다는 사실을 안 사람은 많지 않았다. 네루다는 9월 23일 그렇게 외로운 최후를 맞았다. 이

승을 하직하는 깊은 잠에 빠지기 전 네루다는 신열에 들떠 "사람들을 쏴 죽이고 있어, 쏴 죽이고 있다고."라며 처절하게 절규했다고 한다. 마틸데는 네루다의 시신을 차스코나 집으로 옮겼다. 쿠데타 직후 우익 과격파들이 난입해, 분탕질하고 가구들을 부수고 물을 틀어 놓아 온통 아수라장이었기 때문에 대문을 통해 관을 모실 수조차 없었다. 죽음의 공포와 위협에 굴하지 않고 마지막 작별 인사를 하러 모여든 지인들이, 정갈한 장소로 시신을 옮겨 시인의 마지막 가는 길을 편안하게 해 주자고 제안했지만, 마틸데는 일언지하에 거절했다. 평생 시만 쓰고 사회 정의를 부르짖은 시인의 마지막 가는 길이 얼마나 참담했는지 모두들 똑똑히 알아야 한다는 이유에서였다. 네루나가 그녀를 위해 만든 집, 숱이 많은 그녀의 머리에서 착안하여 차스코나라는 이름을 붙인 그 집에서 마틸데는 그렇게 타오르는 분노를 가슴에 새기고 있었다. 의자 하나 남아나지 않고 유리창마저 다 부서져 뼛속까지 스미는 초봄의 추위에 떨면서 가슴에 새긴 그 분노야말로, 훗날 그녀가 꿋꿋하게 민주화 운동에 동참하게 된 원동력이었으리라.

이슬라 네그라 집에 묻히고 싶다던 네루다의 생전 소원은 군정 낭국에 의해 무시되고, 유해는 차스코나와 가까운 공동 묘지로 향했다. 군인들이 행렬을 감시했다. 국민적 시인의 최후이건만 시대는 이미 그의 죽음을 목 놓아 조상하는 것도 금하고 있었던 것이다. 하지만 네루다의 마지막 길은 그렇게 외롭지 않았다. 그의 유해가 묘지로 향하는 동안 행인들은 멈춰 서고 창가마다 사람들이 가득하더니 행렬을 따르는 사람들이 점점 늘었다. 분위기에 압도된 군인들은 운구를 바삐 독촉할 뿐이었다. 이윽고 묘지에 이르러 장례식이 시작되자 흐느끼는 울음 사이로 느닷없이 「인터내셔널」이 터져 나왔다. 그리고 그것은 분노와 슬픔을 더 이상 가슴에 묻어 둘 수 없었던 사람들의 절절한 합창으로 변했다. 군인들이 발포할지도 모른다는 두려움을 떨쳐 버리고 모두들 시대의 아픔을 통곡한 것이다. 네루다의 장례식은 쿠데타 이후 최초의 항의 시위였다. 시인은 '지상의 거처'를 떠나는 마지막 순간에도 이후 십칠 년간의 기나긴 민주화 운동의 횃불을 당기는 것을 잊지 않았던 것이다.

이슬라 네그라 집은 군부 정권에 의해 몰수되어 폐쇄되었다. 다만 시인에 대한 추모의 글과, 민주화에 대한 간절한 바람, 쿠데타 이후 억울하게 죽고 실종된 이들의 가족이 남긴 절절한 사연이 울타리를 뒤덮으며 그리운 임의 귀환을 고대했다. 일찍이 시인은 1971년 노벨상 수상 연설에서 '여명이 밝아 올 때 불타는 인내로 무장하고 찬란한 도시로 입성하리라.'는 랭보의 말을 인용했었다. 1985년 『네루다의 우편배달부』가 처음 출간되었을 때 '불타는 인내'라는 제목을 달고 있었던 것도 이 연설에서 유래했다. 그 연설은 자신의 미래를 예언한 셈이다. 피노체트가 물러난 후, 민선 정부는 1993년 시인의 사망 20주기를 맞아 네루다의 유해를 생전 소원대로 이슬라 네그라 집 앞으로 이장했다. 그리고 그날 수많은 인파가 거리에 쏟아져 나와 네루다를 열렬히 외치며 시인을 추모했다. 민주주의의 신새벽이 밝았을 때, 이날이 오기를 불타는 인내로 고대했을 시인의 넋이 찬란한 빛을 내뿜으며 영원한 안식처로 되돌아온 것이다. 『네루다의 우편배달부』가 의미 있는 것은 네루다의 유해가 돌아오기 전에 그를 이슬라 네그라에 되돌려 놓았다는 점이다. 마리오가 녹음기를 통해 네루다의 음성을 듣고 이슬라 네그라의 풍경이 비로소 꽉 찼음을 느꼈듯이, 스카르메타 역시 네루다 없는 이슬라 네그라를 상상하지 못했던 것이다.

그렇게 긴 분량의 소설은 아니지만 손에 잡았다가 놓지를 못하고 단숨에 읽어 버린 책을 번역하게 된 것은 분명 행운이다. 더구나 처음 강단에 섰을 때 학생들에게 어려우리라는 것을 예상하고도 교재로 사용한 책이라 감회도 새롭다. 종강 시간에 이 책을 번역하겠다는 생각도 언뜻 내비친 것 같은데 이제나마 이루어져서 다행이라는 생각도 든다. 또한 금년이 이 소설의 주인공 중 하나인 파블로 네루다가 태어난 지 꼭 100주년이 되는 해라 이래저래 나를 설레게 한 번역이었다. 그래서 이 책을 처음 읽게 되었을 때의 느낌이 새삼 머리에 떠오른다. 당시 나는 아르헨티나에 있었고, 오밤중에 일이 손에 잡히지 않아 서성이다가 이 책을 꺼내 들게 되었다. 사실 책을 손에 들게 된 것은 아주 단순한 이유였다. 텔레비전 책 프로그램을 진행할 때 기타를 치며 전 세계 대머리 문인들의 계보를 코믹하게 읊던 안토니오 스카르메타의 모습이 떠올라 이 작품이 재미있으리라는 기대가 들었기 때문이다. 그리고 책 표지의 바다를 보자 문득 칠레의 태평양이 그리워졌고, 마침 이슬라 네그라를 배경으로 한 소설이라는 것을 알게 되었을 때 이미 나는 이 작품의 포로가 되어 있었다. 이 책을 번역하고 싶은 생각이 들었던 것도 그때부터였다.

하지만 막상 출간이 닥쳐오니 걱정이 앞선다. 재치와 해학이 번뜩이는 작품이라 그 맛을 살리는 것도 쉽지 않았지만, 죽음을 앞둔 네루다가 바다를 바라보며 무슨 생각을 했을지, 또 그런 시인을 바라보는 주변 사람들의 마음이 어땠을지를 짐작하기란 더욱 쉽지 않았다. 다만 '열광적으로 시작해서 침울한 나락으로 떨어'지는 작품의 성격이 번역에서도 느껴질 수 있도록 최선을 다했음을 밝혀 두고 싶다.

2004년 여름
우석균

작가 연보

1940년   칠레 북부 안토파가스타(Antofagasta) 시에서 출생. 조
          부모 때 크루아티아에서 칠레로 온 이민자 집안이었다.

1949년   경제적인 어려움으로 부모님을 따라 부에노스아이레스
          로 이주했다. 영화, 축구, 만화, 음악 등의 대중문화에
          눈을 뜨는 계기가 되었다.

1952년   다시 안토파가스타로 귀향했다.

1953년   가족이 산티아고로 이주했다.

1960년   칠레 대학교와 미국 컬럼비아 대학교에서 철학과 문학
          을 공부했다.

1967년   칠레 대학교 문학 교수가 된 뒤 첫 단편집 『열정(El
          Entusiasmo)』을 출간하여 문단의 주목을 받았다.

1969년   단편집 『지붕 위의 누드(Desnudo en el Tejado)』로 카사

데 라스 아메리카스(Casa de las Américas) 문학 부문 상을 수상했다. 아바나에 있는 이 기관은 쿠바 혁명 이후 라틴 아메리카 지식인들을 선도했을 정도로 권위를 인정받았다.

1973년   피노체트가 쿠데타를 일으켜 군사 정권이 들어서자 베를린으로 망명했다. 이때부터 영화에 좀 더 매진하여 독일 영화 텔레비전 아카데미에서 영화 시나리오 교수로 재직했다. 그가 쓴 시나리오로 만든 영화가 독일 영화제 대상인 황금 쟁반상을 수상하기도 했다. 단편집 『프리 킥(Tiro Libre)』을 출간했다.

1975년   민중연합 시대를 다룬 첫 소설 『눈이 끓는 것을 꿈꾸었네(Soñé Que la Nieve Ardía)』를 출간했다.

1980년   망명 경험을 다룬 소설 『나 반칙 안 했어(No Pasó Nada)』를 출간했다.

1982년   산디니스타 정권이 들어선 니카라과를 둘러보고 다큐멘터리를 촬영한 뒤 그 경험을 바탕으로 쓴 소설 『봉기(La Insurrección)』를 출간했다.

1983년   영화 「일 포스티노」 원작 소설 『불타는 인내(Ardiente Paciencia)』 집필 중 동명의 영화를 만들었다.

1985년   『불타는 인내』를 출간했다. 「일 포스티노」가 만들어진 이후에는 『네루다의 우편배달부(El Cartero de Neruda)』로 제목을 바꿨다. 20여 개국 이상의 언어로 번역되면서 세계적으로 주목받는 소설가가 되었다.

1989년   오랜 베를린 망명 생활을 접고 귀국했다.

소설 『매치 포인트(Match Ball)』를 출간했다. 1997년 『사랑의 속도(La Velocidad del Amor)』로 제목을 바꾸어 재출간했다.

1992년　텔레비전 프로그램 「책 쇼(El Show de los Libros)」 사회를 맡았다. 이 프로그램은 팔 년간 지속되며 유네스코와 스페인 방송국으로부터 상을 받았고, 1998년부디는 미국에 수출되어 역으로 라틴 아메리카 전역에 송출되었다.

1994년　베네치아 영화제에 이탈리아에서 만든 영화 「일 포스티노」가 최초로 상영되었다.

1996년　「일 포스티노」가 아카데미 다섯 개 부문에 후보로 올랐다. 음악상을 받는 것으로 그쳤지만, 외국 영화로는 1973년 이래 처음으로 최우수 작품상 후보에 올라 눈길을 끌었다. 「일 포스티노」는 미국 역사상 가장 많은 관객이 본 외국 영화로 꼽힌다.

『나 반칙 안 했어』로 이탈리아의 '보카치오 국제 문학상(Premio Internacional de Literatura Bocaccio)'을 수상했다.

1998년　청소년용 동화 『작문 숙제(La Composición)』를 출간했다.

1999년　이민이라는 가족사에 영감을 얻어 3부작 소설 첫 권인 『시인의 결혼식(La Boda del Poeta)』을 출간했다. 이 소설은 『네루다의 우편배달부』에 버금가는 인기를 누렸다.

2000년　주 독일 대사로 임명되어 2003년까지 베를린에서 재직했다.

2001년   3부작 두 번째 소설인 『트롬본 소녀(La Chica del Tro-
        mbón)』를 출간했다.

        『시인의 결혼식』으로 프랑스의 '메디치 외국 문학상
        (Prix Médicis Étranger)', 이탈리아의 '그린차네 카보우
        르 상(Grinzane Cavour)'을 수상했다.

2002년   괴테 훈장(문학 부문)을 수상했다.

2003년   『작문 숙제』로 유네스코 아동 청소년 문학상을 수상했
        다. 집필 중이던 3부작과 별도로 소설 『빅토리아의 춤
        (El Baile de la Victoria)』을 출간했다. 이 작품으로 스
        페인어권의 권위 있는 문학상인 '플라네타 상(Premio
        Planeta)'을 수상했다. 50여 년의 수상 역사에서 라틴
        아메리카 작가로는 세 번째 영광이었다.

2004년   네루다 탄생 100주년을 맞아 『스카르메타가 기억하는
        네루다(Neruda por Skármeta)』를 출간했다. 네루다에
        대한 기억과 자신이 좋아하는 그의 시, 『네루다의 우편
        배달부』 집필 과정 등이 담긴 책이다.

세계문학전집 **104**

네루다의 우편배달부

1판 1쇄 펴냄 2004년 7월 5일
1판 51쇄 펴냄 2024년 7월 31일

지은이 안토니오 스카르메타
옮긴이 우석균
발행인 박근섭, 박상준
펴낸곳 (주)민음사

출판등록 1966. 5. 19. (제 16-490호)
서울특별시 강남구 도산대로1길 62(신사동) 강남출판문화센터 5층 (우편번호 06027)
대표전화 02-515-2000 팩시밀리 02-515-2007
www.minumsa.com

한국어 판 © (주)민음사, 2004. Printed in Seoul, Korea

ISBN 978-89-374-6104-0 04800
ISBN 978-89-374-6000-5 (세트)

세계문학전집 목록

1·2 변신 이야기 오비디우스 · 이윤기 옮김 서울대 권장도서 100선

3 햄릿 셰익스피어 · 최종철 옮김 서울대 권장도서 100선 | 미국대학위원회 선정 SAT 추천도서

4 변신 · 시골의사 카프카 · 전영애 옮김 서울대 권장도서 100선

5 동물농장 오웰 · 도정일 옮김 미국대학위원회 선정 SAT 추천도서 | 《타임》 선정 현대 100대 영문소설

6 허클베리 핀의 모험 트웨인 · 김욱동 옮김 《뉴스위크》 선정 100대 명저

7 암흑의 핵심 콘래드 · 이상옥 옮김 미국대학위원회 선정 SAT 추천도서 | 《뉴스위크》 선정 10대 명저

8 토니오 크뢰거 · 트리스탄 · 베네치아에서의 죽음 토마스 만 · 안삼환 외 옮김 노벨 문학상 수상 작가

9 문학이란 무엇인가 사르트르 · 정명환 옮김

10 한국단편문학선 1 김동인 외 · 이남호 엮음 국립중앙도서관 선정 청소년 권장도서

11·12 인간의 굴레에서 서머싯 몸 · 송무 옮김

13 이반 데니소비치, 수용소의 하루 솔제니친 · 이영의 옮김 노벨 문학상 수상 작가

14 너새니얼 호손 단편선 호손 · 천승걸 옮김

15 나의 미카엘 오즈 · 최창모 옮김

16·17 중국신화전설 위앤커 · 전인초, 김선자 옮김

18 고리오 영감 발자크 · 박영근 옮김

19 파리대왕 골딩 · 유종호 옮김 노벨 문학상 수상 작가 | 《타임》 선정 현대 100대 영문소설

20 한국단편문학선 2 김동리 외 · 이남호 엮음

21·22 파우스트 괴테 · 정서웅 옮김 서울대 권장도서 100선 | 미국대학위원회 선정 SAT 추천도서

23·24 빌헬름 마이스터의 수업시대 괴테 · 안삼환 옮김

25 젊은 베르테르의 슬픔 괴테 · 박찬기 옮김 논술 및 수능에 출제된 책(1998~2005)

26 이피게니에 · 스텔라 괴테 · 박찬기 외 옮김

27 다섯째 아이 레싱 · 정덕애 옮김 노벨 문학상 수상 작가

28 삶의 한가운데 린저 · 박찬일 옮김

29 농담 쿤데라 · 방미경 옮김

30 야성의 부름 런던 · 권택영 옮김

31 아메리칸 제임스 · 최경도 옮김

32·33 양철북 그라스 · 장희창 옮김 노벨 문학상 수상 작가 | 서울대 권장도서 100선

34·35 백년의 고독 마르케스 · 조구호 옮김 노벨 문학상 수상 작가 | 서울대 권장도서 100선

36 마담 보바리 플로베르 · 김화영 옮김 서울대 권장도서 100선

37 거미여인의 키스 푸익 · 송병선 옮김

38 달과 6펜스 서머싯 몸 · 송무 옮김

39 폴란드의 풍차 지오노 · 박인철 옮김

40·41 독일어 시간 렌츠 · 정서웅 옮김

42 말테의 수기 릴케 · 문현미 옮김

43 고도를 기다리며 베케트 · 오증자 옮김 노벨 문학상 수상 작가 | 서울대 권장도서 100선

44 데미안 헤세 · 전영애 옮김 노벨 문학상 수상 작가

45 젊은 예술가의 초상 조이스 · 이상옥 옮김 서울대 권장도서 100선

46 카탈로니아 찬가 오웰 · 정영목 옮김

47 호밀밭의 파수꾼 샐린저 · 정영목 옮김 《타임》 선정 현대 100대 영문소설 | 미국대학위원회 선정 SAT 추천도서 | 《뉴스위크》 선정 100대 명저 | BBC 선정 꼭 읽어야 할 책

48·49 파르마의 수도원 스탕달 · 원윤수, 임미경 옮김

50 수레바퀴 아래서 헤세 · 김이섭 옮김 노벨 문학상 수상 작가 | 국립중앙도서관 선정 청소년 권장도서

51·52 내 이름은 빨강 파묵 · 이난아 옮김 노벨 문학상 수상 작가

53 오셀로 셰익스피어 · 최종철 옮김 서울대 권장도서 100선

54 조서 르 클레지오 · 김윤진 옮김 노벨 문학상 수상 작가

55 모래의 여자 아베 코보 · 김난주 옮김

56·57 부덴브로크 가의 사람들 토마스 만 · 홍성광 옮김 노벨 문학상 수상 작가

58 싯다르타 헤세 · 박병덕 옮김 노벨 문학상 수상 작가

59·60 아들과 연인 로렌스 · 정상준 옮김 《뉴스위크》 선정 100대 명저

61 설국 가와바타 야스나리 · 유숙자 옮김 노벨 문학상 수상 작가 | 서울대 권장도서 100선

62 벨킨 이야기 · 스페이드 여왕 푸슈킨 · 최선 옮김

63·64 넙치 그라스 · 김재혁 옮김 노벨 문학상 수상 작가

65 소망 없는 불행 한트케 · 윤용호 옮김 노벨 문학상 수상 작가

66 나르치스와 골드문트 헤세 · 임홍배 옮김 노벨 문학상 수상 작가

67 황야의 이리 헤세 · 김누리 옮김 노벨 문학상 수상 작가

68 페테르부르크 이야기 고골 · 조주관 옮김

69 밤으로의 긴 여로 오닐 · 민승남 옮김 노벨 문학상 수상 작가 | 미국대학위원회 선정 SAT 추천도서

70 체호프 단편선 체호프 · 박현섭 옮김

71 버스 정류장 가오싱젠 · 오수경 옮김 노벨 문학상 수상 작가

72 구운몽 김만중 · 송성욱 옮김 서울대 권장도서 100선 | 국립중앙도서관 선정 청소년 권장도서

73 대머리 여가수 이오네스코 · 오세곤 옮김

74 이솝 우화집 이솝 · 유종호 옮김 논술 및 수능에 출제된 책(1998~2005)

75 위대한 개츠비 피츠제럴드 · 김욱동 옮김 《타임》 선정 현대 100대 영문소설

76 푸른 꽃 노발리스 · 김재혁 옮김

77 1984 오웰 · 정회성 옮김 《타임》 선정 현대 100대 영문소설 | 《뉴스위크》 선정 100대 명저

78·79 영혼의 집 아옌데 · 권미선 옮김

80 첫사랑 투르게네프 · 이항재 옮김

81 내가 죽어 누워 있을 때 포크너 · 김명주 옮김 노벨 문학상 수상 작가

82 런던 스케치 레싱 · 서숙 옮김 노벨 문학상 수상 작가

83 팡세 파스칼 · 이환 옮김

84 질투 로브그리예 · 박이문, 박희원 옮김

85·86 채털리 부인의 연인 로렌스 · 이인규 옮김

87 그 후 나쓰메 소세키 · 윤상인 옮김

88 오만과 편견 오스틴 · 윤지관, 전승희 옮김 미국대학위원회 선정 SAT 추천도서

89·90 부활 톨스토이 · 연진희 옮김 논술 및 수능에 출제된 책(1998~2005)

91 방드르디, 태평양의 끝 투르니에 · 김화영 옮김

92 미겔 스트리트 나이폴 · 이상옥 옮김 노벨 문학상 수상 작가

93 페드로 파라모 룰포 · 정창 옮김

94 차라투스트라는 이렇게 말했다 니체 · 장희창 옮김 국립중앙도서관 선정 청소년 권장도서

95·96 적과 흑 스탕달 · 이동렬 옮김 국립중앙도서관 선정 청소년 권장도서

97·98 콜레라 시대의 사랑 마르케스 · 송병선 옮김 노벨 문학상 수상 작가 | BBC 선정 꼭 읽어야 할 책

99 맥베스 셰익스피어 · 최종철 옮김 서울대 권장도서 100선 | 미국대학위원회 선정 SAT 추천도서

100 춘향전 작자 미상 · 송성욱 풀어 옮김 서울대 권장도서 100선

101 페르디두르케 곰브로비치 · 윤진 옮김

102 포르노그라피아 곰브로비치 · 임미경 옮김

103 인간 실격 다자이 오사무 · 김춘미 옮김

104 네루다의 우편배달부 스카르메타 · 우석균 옮김

105·106 이탈리아 기행 괴테 · 박찬기 외 옮김

107 나무 위의 남작 칼비노 · 이현경 옮김

108 달콤 씁싸름한 초콜릿 에스키벨 · 권미선 옮김

109·110 제인 에어 C. 브론테 · 유종호 옮김 BBC 선정 꼭 읽어야 할 책

111 크눌프 헤세 · 이노은 옮김 노벨 문학상 수상 작가

112 시계태엽 오렌지 버지스 · 박시영 옮김 《타임》 선정 현대 100대 영문소설 | 《뉴스위크》 선정 100대 명저

113·114 파리의 노트르담 위고 · 정기수 옮김 미국대학위원회 선정 SAT 추천도서

115 새로운 인생 단테 · 박우수 옮김

116·117 로드 짐 콘래드 · 이상옥 옮김 《뉴스위크》 선정 100대 명저

118 폭풍의 언덕 E. 브론테 · 김종길 옮김 미국대학위원회 선정 SAT 추천도서

119 텔크테에서의 만남 그라스 · 안삼환 옮김 노벨 문학상 수상 작가

120 김찰관 고골 · 조주관 옮김

121 안개 우나무노 · 조민현 옮김

122 나사의 회전 제임스 · 최경도 옮김 미국대학위원회 선정 SAT 추천도서

123 피츠제럴드 단편선 1 피츠제럴드 · 김욱동 옮김

124 목화밭의 고독 속에서 콜테스 · 임수현 옮김

125 돼지꿈 황석영

126 라셀라스 존슨 · 이인규 옮김

127 리어 왕 셰익스피어 · 최종철 옮김 서울대 권장도서 100선 | 《뉴스위크》 선정 100대 명저

128·129 쿠오 바디스 시엔키에비츠 · 최성은 옮김 노벨 문학상 수상 작가

130 자기만의 방 · 3기니 울프 · 이미애 옮김

131 시르트의 바닷가 그라크 · 송진석 옮김

132 이성과 감성 오스틴 · 윤지관 옮김

133 바덴바덴에서의 여름 치프킨 · 이장욱 옮김

134 새로운 인생 파묵 · 이난아 옮김 노벨 문학상 수상 작가

135·136 무지개 로렌스 · 김정매 옮김

137 인생의 베일 서머싯 몸 · 황소연 옮김

138 보이지 않는 도시들 칼비노 · 이현경 옮김

139·140·141 연초 도매상 바스 · 이운경 옮김 《타임》 선정 현대 100대 영문소설

142·143 플로스 강의 물방앗간 엘리엇 · 한애경, 이봉지 옮김 미국대학위원회 선정 SAT 추천도서

144 연인 뒤라스 · 김인환 옮김

145·146 이름 없는 주드 하디 · 정종화 옮김

147 제49호 품목의 경매 핀천 · 김성곤 옮김 《타임》 선정 현대 100대 영문소설

148 성역 포크너 · 이진준 옮김 노벨 문학상 수상 작가 | 퓰리처상 수상 작가

149 무진기행 김승옥

150·151·152 신곡(지옥편 · 연옥편 · 천국편) 단테 · 박상진 옮김 《뉴스위크》 선정 100대 명저

153 구덩이 플라토노프 · 정보라 옮김

154·155·156 카라마조프가의 형제들 도스토옙스키 · 김연경 옮김

157 지상의 양식 지드 · 김화영 옮김 노벨 문학상 수상 작가

158 밤의 군대들 메일러 · 권택영 옮김 퓰리처상 수상 작가

159 주홍 글자 호손 · 김욱동 옮김 서울대 권장도서 100선 | 미국대학위원회 선정 SAT 추천도서

160 깊은 강 엔도 슈사쿠 · 유숙자 옮김

161 욕망이라는 이름의 전차 윌리엄스 · 김소임 옮김

162 마사 퀘스트 레싱 · 나영균 옮김 노벨 문학상 수상 작가

163·164 운명의 딸 아옌데 · 권미선 옮김

165 모렐의 발명 비오이 카사레스·송병선 옮김

166 삼국유사 일연·김원중 옮김 서울대 권장도서 100선

167 풀잎은 노래한다 레싱·이태동 옮김 노벨 문학상 수상 작가

168 파리의 우울 보들레르·윤영애 옮김

169 포스트맨은 벨을 두 번 울린다 케인·이만식 옮김

170 썩은 잎 마르케스·송병선 옮김 노벨 문학상 수상 작가

171 모든 것이 산산이 부서지다 아체베·조규형 옮김 《타임》 선정 현대 100대 영문소설

172 한여름 밤의 꿈 셰익스피어·최종철 옮김 미국대학위원회 선정 SAT 추천도서

173 로미오와 줄리엣 셰익스피어·최종철 옮김 미국대학위원회 선정 SAT 추천도서

174·175 분노의 포도 스타인벡·김승욱 옮김 노벨 문학상 수상 작가 | 《타임》 선정 현대 100대 영문소설

176·177 괴테와의 대화 에커만·장희창 옮김

178 그물을 헤치고 머독·유종호 옮김 《타임》 선정 현대 100대 영문소설

179 브람스를 좋아하세요... 사강·김남주 옮김

180 카타리나 블룸의 잃어버린 명예 하인리히 뵐·김연수 옮김 노벨 문학상 수상 작가

181·182 에덴의 동쪽 스타인벡·정회성 옮김 노벨 문학상 수상 작가

183 순수의 시대 워튼·송은주 옮김 《뉴스위크》 선정 100대 명저 | 퓰리처상 수상작

184 도둑 일기 주네·박형섭 옮김

185 나자 브르통·오생근 옮김

186·187 캐치-22 헬러·안정효 옮김 《타임》 선정 현대 100대 영문소설

188 솔로호프 단편선 솔로호프·이항재 옮김 노벨 문학상 수상 작가

189 말 사르트르·정명환 옮김

190·191 보이지 않는 인간 엘리슨·조영환 옮김 《타임》 선정 현대 100대 영문소설

192 왑샷 가문 연대기 치버·김승욱 옮김 퓰리처상 수상 작가

193 왑샷 가문 몰락기 치버·김승욱 옮김 퓰리처상 수상 작가

194 필립과 다른 사람들 노터봄·지명숙 옮김

195·196 하드리아누스 황제의 회상록 유르스나르·곽광수 옮김

197·198 소피의 선택 스타이런·한정아 옮김 퓰리처상 수상 작가

199 피츠제럴드 단편선 2 피츠제럴드·한은경 옮김

200 홍길동전 허균·김탁환 옮김

201 요술 부지깽이 쿠버·양윤희 옮김

202 북호텔 다비·원윤수 옮김

203 톰 소여의 모험 트웨인·김욱동 옮김

204 금오신화 김시습·이지하 옮김

205·206 테스 하디·정종화 옮김 미국대학위원회 선정 SAT 추천도서 | BBC 선정 꼭 읽어야 할 책

207 브루스터플레이스의 여자들 네일러·이소영 옮김

208 더 이상 평안은 없다 아체베·이소영 옮김

209 그레인지 코프랜드의 세 번째 인생 워커·김시현 옮김 퓰리처상 수상 작가

210 어느 시골 신부의 일기 베르나노스·정영란 옮김

211 타라스 불바 고골·조주관 옮김

212·213 위대한 유산 디킨스·이인규 옮김 서울대 권장도서 100선 | BBC 선정 꼭 읽어야 할 책

214 면도날 서머싯 몸·안진환 옮김

215·216 성채 크로닌·이은정 옮김

217 오이디푸스 왕 소포클레스·강대진 옮김 서울대 권장도서 100선

218 세일즈맨의 죽음 밀러·강유나 옮김

219·220·221 안나 카레니나 톨스토이·연진희 옮김 서울대 권장도서 100선

222 오스카 와일드 작품선 와일드·정영목 옮김

223 벨아미 모파상·송덕호 옮김

224 파스쿠알 두아르테 가족 호세 셀라·정동섭 옮김 노벨 문학상 수상 작가

225 시칠리아에서의 대화 비토리니·김운찬 옮김

226·227 길 위에서 케루악·이만식 옮김 《타임》 선정 현대 100대 영문소설 | 《뉴스위크》 선정 100대 명저

228 우리 시대의 영웅 레르몬토프·오정미 옮김

229 아우라 푸엔테스·송상기 옮김

230 클링조어의 마지막 여름 헤세·황승환 옮김 노벨 문학상 수상 작가

231 리스본의 겨울 무뇨스 몰리나·나송주 옮김

232 뻐꾸기 둥지 위로 날아간 새 키지·정회성 옮김 《타임》 선정 현대 100대 영문소설

233 페널티킥 앞에 선 골키퍼의 불안 한트케·윤용호 옮김 노벨 문학상 수상 작가

234 참을 수 없는 존재의 가벼움 쿤데라·이재룡 옮김

235·236 바다여, 바다여 머독·최옥영 옮김

237 한 줌의 먼지 에벌린 워·안진환 옮김 《타임》 선정 현대 100대 영문소설

238 뜨거운 양철 지붕 위의 고양이·유리 동물원 윌리엄스·김소임 옮김 퓰리처상 수상작

239 지하로부터의 수기 도스토옙스키·김연경 옮김

240 키메라 바스·이운경 옮김

241 반쪼가리 자작 칼비노·이현경 옮김

242 벌집 호세 셀라·남진희 옮김 노벨 문학상 수상 작가

243 불멸 쿤데라·김병욱 옮김

244·245 파우스트 박사 토마스 만·임홍배, 박병덕 옮김 노벨 문학상 수상 작가

246 사랑할 때와 죽을 때 레마르크·장희창 옮김

247 누가 버지니아 울프를 두려워하랴? 올비·강유나 옮김

248 인형의 집 입센·안미란 옮김

249 위폐범들 지드·원윤수 옮김 노벨 문학상 수상 작가

250 무정 이광수·정영훈 책임 편집 서울대 권장도서 100선

251·252 의지와 운명 푸엔테스·김현철 옮김

253 폭력적인 삶 파솔리니·이승수 옮김

254 거장과 마르가리타 불가코프·정보라 옮김

255·256 경이로운 도시 멘도사·김현철 옮김

257 야콥을 둘러싼 추측들 욘존·손대영 옮김

258 왕자와 거지 트웨인·김욱동 옮김

259 존재하지 않는 기사 칼비노·이현경 옮김

260·261 눈먼 암살자 애트우드·차은정 옮김 《타임》 선정 현대 100대 영문소설

262 베니스의 상인 셰익스피어·최종철 옮김

263 말리나 바흐만·남정애 옮김

264 사볼타 사건의 진실 멘도사·권미선 옮김

265 뒤렌마트 희곡선 뒤렌마트·김혜숙 옮김

266 이방인 카뮈·김화영 옮김 노벨 문학상 수상 작가 | 미국대학위원회 선정 SAT 추천도서

267 페스트 카뮈·김화영 옮김 노벨 문학상 수상 작가 | 국립중앙도서관 선정 청소년 권장도서

268 검은 튤립 뒤마·송진석 옮김

269·270 베를린 알렉산더 광장 되블린·김재혁 옮김

271 하얀 성 파묵·이난아 옮김 노벨 문학상 수상 작가

272 푸슈킨 선집 푸슈킨·최선 옮김

273·274 유리알 유희 헤세·이영임 옮김 노벨 문학상 수상 작가

275 픽션들 보르헤스 · 송병선 옮김 서울대 권장도서 100선

276 신의 화살 아체베 · 이소영 옮김

277 빌헬름 텔 · 간계와 사랑 실러 · 홍성광 옮김

278 노인과 바다 헤밍웨이 · 김욱동 옮김 노벨 문학상 수상 작가 | 퓰리처상 수상작

279 무기여 잘 있어라 헤밍웨이 · 김욱동 옮김 미국대학위원회 선정 SAT 추천도서

280 태양은 다시 떠오른다 헤밍웨이 · 김욱동 옮김 《타임》 선정 현대 100대 영문 소설

281 알레프 보르헤스 · 송병선 옮김

282 일곱 박공의 집 호손 · 정소영 옮김

283 에마 오스틴 · 윤지관, 김영희 옮김

284·285 죄와 벌 도스토옙스키 · 김연경 옮김 미국대학위원회 선정 SAT 추천도서

286 시련 밀러 · 최영 옮김

287 모두가 나의 아들 밀러 · 최영 옮김

288·289 누구를 위하여 종은 울리나 헤밍웨이 · 김욱동 옮김 노벨 문학상 수상 작가

290 구르브 연락 없다 멘도사 · 정창 옮김

291·292·293 데카메론 보카치오 · 박상진 옮김

294 나누어진 하늘 볼프 · 전영애 옮김

295·296 제브데트 씨와 아들들 파묵 · 이난아 옮김 노벨 문학상 수상 작가

297·298 여인의 초상 제임스 · 최경도 옮김 미국대학위원회 선정 SAT 추천도서

299 압살롬, 압살롬! 포크너 · 이태동 옮김 노벨 문학상 수상 작가

300 이상 소설 전집 이상 · 권영민 책임 편집

301·302·303·304·305 레 미제라블 위고 · 정기수 옮김

306 관객모독 한트케 · 윤용호 옮김 노벨 문학상 수상 작가

307 더블린 사람들 조이스 · 이종일 옮김

308 에드거 앨런 포 단편선 앨런 포 · 전승희 옮김 미국대학위원회 선정 SAT 추천도서

309 보이체크 · 당통의 죽음 뷔히너 · 홍성광 옮김

310 노르웨이의 숲 무라카미 하루키 · 양억관 옮김

311 운명론자 자크와 그의 주인 디드로 · 김희영 옮김

312·313 헤밍웨이 단편선 헤밍웨이 · 김욱동 옮김 노벨 문학상 수상 작가

314 피라미드 골딩 · 안지현 옮김 노벨 문학상 수상 작가

315 닫힌 방 · 악마와 선한 신 사르트르 · 지영래 옮김

316 등대로 울프 · 이미애 옮김 《타임》 선정 현대 100대 영문소설 | 《뉴스위크》 선정 100대 명저

317·318 한국 희곡선 송영 외 · 양승국 엮음

319 여자의 일생 모파상 · 이동렬 옮김

320 의식 노터봄 · 김영중 옮김

321 육체의 악마 라디게 · 원윤수 옮김

322·323 감정 교육 플로베르 · 지영화 옮김

324 불타는 평원 룰포 · 정창 옮김

325 위대한 몬느 알랭푸르니에 · 박영근 옮김

326 라쇼몬 아쿠타가와 류노스케 · 서은혜 옮김

327 반바지 당나귀 보스코 · 정영란 옮김

328 정복자들 말로 · 최윤주 옮김

329·330 우리 동네 아이들 마흐푸즈 · 배혜경 옮김 노벨 문학상 수상 작가

331·332 개선문 레마르크 · 장희창 옮김

333 사바나의 개미 언덕 아체베 · 이소영 옮김

334 게걸음으로 그라스 · 장희창 옮김 노벨 문학상 수상 작가

335 코스모스 곰브로비치 · 최성은 옮김

336 좁은 문 · 전원교향곡 · 배덕자 지드 · 농성식 옮김 노벨 문학상 수상 작가

337·338 암 병동 솔제니친 · 이영의 옮김 노벨 문학상 수상 작가

339 피의 꽃잎들 응구기 와 시옹오 · 왕은철 옮김

340 운명 케르테스 · 유진일 옮김 노벨 문학상 수상 작가

341·342 벌거벗은 자와 죽은 자 메일러 · 이운경 옮김 퓰리처상 수상 작가

343 시지프 신화 카뮈 · 김화영 옮김 노벨 문학상 수상 작가

344 뇌우 차오위 · 오수경 옮김

345 모옌 중단편선 모옌 · 심규호, 유소영 옮김 노벨 문학상 수상 작가

346 일야서 한사오궁 · 심규호, 유소영 옮김

347 상속자들 골딩 · 안지현 옮김 노벨 문학상 수상 작가

348 설득 오스틴 · 전승희 옮김

349 히로시마 내 사랑 뒤라스 · 방미경 옮김

350 오 헨리 단편선 오 헨리 · 김희용 옮김

351·352 올리버 트위스트 디킨스 · 이인규 옮김

353·354·355·356 전쟁과 평화 톨스토이 · 연진희 옮김

357 다시 찾은 브라이즈헤드 에벌린 워 · 백지민 옮김

358 아무도 대령에게 편지하지 않다 마르케스 · 송병선 옮김

359 사양 다자이 오사무 · 유숙자 옮김

360 좌절 케르테스 · 한경민 옮김 노벨 문학상 수상 작가

361·362 닥터 지바고 파스테르나크 · 김연경 옮김 노벨 문학상 수상 작가

363 노생거 사원 오스틴 · 윤지관 옮김

364 개구리 모옌 · 심규호, 유소영 옮김 노벨 문학상 수상 작가

365 마왕 투르니에 · 이원복 옮김 공쿠르상 수상 작가

366 맨스필드 파크 오스틴 · 김영희 옮김

367 이선 프롬 이디스 워튼 · 김욱동 옮김 퓰리처상 수상 작가

368 여름 이디스 워튼 · 김욱동 옮김 퓰리처상 수상 작가

369·370·371 나는 고백한다 자우메 카브레 · 권가람 옮김

372·373·374 태엽 감는 새 연대기 무라카미 하루키 · 김난주 옮김

375·376 대사 제임스 · 정소영 옮김

377 족장의 가을 마르케스 · 송병선 옮김 노벨 문학상 수상 작가

378 핏빛 자오선 매카시 · 김시현 옮김

379 모두 다 예쁜 말들 매카시 · 김시현 옮김

380 국경을 넘어 매카시 · 김시현 옮김

381 평원의 도시들 매카시 · 김시현 옮김

382 만년 다자이 오사무 · 유숙자 옮김

383 반항하는 인간 카뮈 · 김화영 옮김 노벨 문학상 수상 작가

384·385·386 악령 도스토옙스키 · 김연경 옮김

387 태양을 막는 제방 뒤라스 · 윤진 옮김

388 남아 있는 나날 가즈오 이시구로 · 송은경 옮김

389 앙리 브륄라르의 생애 스탕달 · 원윤수 옮김

390 찻집 라오서 · 오수경 옮김

391 태어나지 않은 아이를 위한 기도 케르테스 · 이상동 옮김 노벨 문학상 수상 작가

392·393 서머싯 몸 단편선 서머싯 몸 · 황소연 옮김

394 케이크와 맥주 서머싯 몸 · 황소연 옮김

395 월든 소로·정회성 옮김

396 모래 사나이 E. T. A. 호프만·신동화 옮김

397·398 검은 책 오르한 파묵·이난아 옮김 노벨 문학상 수상 작가

399 방랑자들 올가 토카르추크·최성은 옮김 노벨 문학상 수상 작가

400 시여, 침을 뱉어라 김수영·이영준 엮음

401·402 환락의 집 이디스 워튼·전승희 옮김

403 달려라 메로스 다자이 오사무·유숙자 옮김

404 아버지와 자식 투르게네프·연진희 옮김

405 청부 살인자의 성모 바예호·송병선 옮김

406 세피아빛 초상 아옌데·조영실 옮김

407·408·409·410 사기 열전 사마천·김원중 옮김 서울대 권장도서 100선

411 이상 시 전집 이상·권영민 책임 편집

412 어둠 속의 사건 발자크·이동렬 옮김

413 태평천하 채만식·권영민 책임 편집

414·415 노스트로모 콘래드·이미애 옮김

416·417 제르미날 졸라·강충권 옮김

418 명인 가와바타 야스나리·유숙자 옮김 노벨 문학상 수상 작가

419 핀처 마틴 골딩·백지민 옮김 노벨 문학상 수상 작가

420 사라진·샤베르 대령 발자크·선영아 옮김

421 빅 서 케루악·김재성 옮김

422 코뿔소 이오네스코·박형섭 옮김

423 블랙박스 오즈·윤성덕, 김영화 옮김

424·425 고양이 눈 애트우드·차은정 옮김

426·427 도둑 신부 애트우드·이은선 옮김

428 슈니츨러 작품선 슈니츨러·신동화 옮김

429·430 세계의 끝과 하드보일드 원더랜드 무라카미 하루키·김난주 옮김

431 멜랑콜리아 I-II 욘 포세·손화수 옮김 노벨 문학상 수상 작가

432 도적들 실러·홍성광 옮김

433 예브게니 오네긴·대위의 딸 푸시킨·최선 옮김

434·435 초대받은 여자 보부아르·강초롱 옮김

436·437 미들마치 엘리엇·이미애 옮김

438 이반 일리치의 죽음 톨스토이·김연경 옮김

439·440 캔터베리 이야기 초서·이동일, 이동춘 옮김

441·442 아소무아르 졸라·윤진 옮김

443 가난한 사람들 도스토옙스키·이항재 옮김

444·445 마차오 사전 한사오궁·심규호, 유소영 옮김

세계문학전집은 계속 간행됩니다.